한 생명을
구원하시기까지

✝ 정순심 목사

1950년 전남 무안 출생, 김옥배 사부님과 2남을 두고 있다.
2007년 대한예수교 장로회 총회 신학 졸업
2009년 대한예수교 장로회 총회 신대원 졸업
2010년 새에덴교회 설립
2021년 새에덴교회 은퇴
2016년~현재 WBM 선교회(안산선교본부) 동역자

한 생명을 구원하시기까지

초판 1쇄 발행   2024년 12월 5일

지은이 | 정순심
만든이 | 이한나
펴낸이 | 이영규
펴낸곳 | 도서출판 그린아이

등록 연월일 | 2003. 12. 02. 등록 번호 | 제2-3893호
주소 | 서울특별시 은평구 녹번로 6-11, 201호
전화 | 02)355-3035 팩스 | 031)965-4679
이메일 | gmh2269@hanmail.net

ⓒ정순심, 2024

ISBN 979-11-91376-41-8(03810)

한 생명을
구원하시기까지

정순심 간증집

그린아이

"범사에 기한이 있고 천하만사가 다 때가 있나니"
(전 3:1)
"하나님께서 모든 것을 지으시되
때를 따라 아름답게 하셨고
또 사람에게는 영원을 사모하는 마음을 주셨느니라
그러나 하나님이 하시는 일의 시종을
사람으로 측량할 수 없게 하셨도다"(전 3:11)

이 말씀이 내 마음에 울림이 있어서 나에게 주어진 하나님의 때를 따라 사역하기를 갈망하여 책을 내기로 하였다.

하나님의 인도하심 따라 본토 친척 집을 떠나 믿음의 순례길을 걸었던 아브라함의 하나님이 나의 하나님이 되시기에 나를 통하여 이루어가신 그 위대하신 하나님의 역사를 가슴에 묻어 둘 수 없어서 붓을 들고 기록하게 되었다.

나는 복음의 불모지인 전통적인 유교 가정에서 태어났다. 아브라함이 고향 땅 갈대아 우르를 떠나 하나님이 지시하신 가나안 땅을 향하여 신앙의 길을 걸었던 것에

비하면 너무 부족하지만 나를 통하여서 친정 부모님과 형제자매를 구원하셨고 시부모님과 시댁의 형제자매도 구원하셨다. 평신도로서 복음전파의 사역을 감당하다가 주님의 인도하심으로 신학을 공부하고 목사 안수를 받았다. 그리고 교회를 개척하여 교회사역을 하였다. 그러면서 하나님께서 주신 은혜를 따라 연약한 교회를 돕고 또 교회를 세웠다. 구원하신 하나님의 은혜를 기록하여 믿음의 교훈을 주고 싶은 것이 나의 마음이다. 불신 가정에서 전도의 어려움을 겪고 있는 분들이나 핍박받고 있는 분들이 있다면 부족한 글이나마 성령의 감동으로 읽고 힘을 얻었으면 좋겠다.

나는 70살이 넘고 교회 사역에서 은퇴하면서 주님 나라를 위해 은퇴 후에 무슨 일을 할까? 기도하는 중에 성령의 감동하심으로 그동안 나를 통해 역사하신 하나님의 역사를 기록할 마음이 생겼다. 코로나19가 창궐하던 시간에 나도 코로나로 극심한 고통을 겪으면서 주님이 나를 데려가시려나 하는 마음이 들면서 기록에 대한 마음이 더욱 절실해져서 서둘러 글을 기록하게 되었다.

이 글을 읽고 구원받는 영혼이 많기를 바라는 마음이

간절하다. 그리하여 수봉산교회에서 전도폭발 훈련에 사용한 복음 메시지를 전도에 필요한 부록으로 실었다. 주님께서 나에게 전도폭발 훈련을 하도록 하셨고, 전도 폭발 복음제시를 통하여 많은 영혼을 구원하셨다. 이것은 내가 한 것이 아니라 주님의 능력으로 하셨기에 부록을 사용하여 전도함으로써 구원받는 영혼들이 많기를 소망한다.

오늘 여기까지 주의 길을 걸어올 수 있었던 것은 무엇보다 전지전능하신 하나님의 은혜이다. 주님께서 남편 김옥배 집사에게 은혜를 주셔서 함께 주의 사역을 감당할 수 있도록 도우시고, 물질 축복의 통로로 쓰임 받게 하심에 감사드린다.

이 책을 집필하는 데 도움을 주신 많은 분들께도 감사드린다. 특별히 추천의 글을 따뜻한 마음으로 써 주신 WBM 안산선교본부, 아가페누리교회 김기수 목사님께 진심으로 감사드린다. 축하의 글을 써 주시고 책을 내기까지 도움을 주신 선한교회 손은실 목사님께도 감사드린다. 모든 것이 하나님의 은혜이다.

오직 주님께 영광! 할렐루야!

지은이 **정순심** 목사

저는 저자인 정순심 목사님을 2016년에 인천의 한 작은 교회에서 성경통독하는 모임으로 만났습니다. 하나님의 말씀을 사랑하는 이 모임은 목요일마다 여러 목사님들이 섬기는 교회를 순회하면서 성경통독을 통한 영혼 구원의 사역을 하고 있습니다.

정 목사님은 얼마 전에 저에게 시간이 더 지체되기 전에 하나님께서 주신 마음을 글로 옮기는 중이라고 했습니다. 그것은 '한 영혼을 구원하시는 하나님'에 대한 것이었습니다.

이 책은 단지 어떤 책에서 발견한 지식으로 쓴 것이 아닙니다. 오히려 전쟁터와 같은 삶의 자리에서 구원으로 찾아오신 '하나님의 열심'의 생생한 기록입니다.

기억은 사람의 본질이며, 사람을 이해할 수 있는 중요한 요소입니다. 주님께서 하신 구원의 기억이 희미해지기 전에 영혼의 서랍 속에 간직된 이야기가 이렇게 기록이 되어 엮어졌습니다. 글 쓰는 작업이 녹록지 않음을 알기에 그 수고로운 일을 하면서 얼마나 주님께 간절히 기도하며 도움을 구했을지 마음이 따뜻해집니다.

저자는 남편인 김옥배 집사님을 많이 사랑하십니다.

아내가 남편을 사랑하는 것은 당연하다 하겠지만 그 사랑은 여느 부부의 관계를 뛰어넘는 아가페입니다. 남편은 6년 전 간암 4기, 말기 판정을 받고 1년을 넘기기 어렵다고 했습니다. 그때 남편을 위해 기도를 요청하던 떨리는 목소리가 아직도 선명하게 떠오릅니다. 기적처럼 주님의 은혜로 건강이 회복되고 지금까지 살게 되었습니다. 제 생각이지만 필자는 남편에게 남은 삶이 주님이 주신 덤의 삶이요 사명의 삶임을 이 책을 통해 나누기를 소망했던 것 같습니다. 아마도 남편은 그 사랑을 이미 알고 있는 것 같습니다.

이제 이 책을 읽는 더 많은 사람들 속에 '한 영혼을 구원하시는 하나님의 은혜'가 쉼 없이 흘러가길 주님의 이름으로 축복합니다.

김기수 목사
(WBM 안산선교본부, 아가페누리교회)

WBM 선교회는 WORLD BENEDICTION MISSION (세계 축도 선교)의 약자이다. 성부 성자 성령 삼위일체 하나님의 이름으로 세계영혼을 축도(BENEDICTION), 곧 축복(BLESSING)함으로 선교하는 사단법인 초교파 선교단체이다.(고후 13:13)

WBM 선교회 초점은 '하나님께서 다 하신다'는 하나님의 절대주권을 믿는 것이다. 주님께서 지금 내 안에 주인으로 살아계시고, 영혼 구원과 세계선교를 잘하고 계심을 믿는 것이 가장 최고의 사역임을 고백하는 선교 공동체이다.

하나님께서 인도하시는 곳에서 신앙과 행위의 정확 무오한 하나님의 말씀인 신구약 성경을 통독하며 세계 선교에 동역하고, 예수님께서 가르쳐주신 주기도문으로 기도하며 세계영혼을 축복한다.

1993년 중국 선교를 시작으로 세계 곳곳에서 예수 그리스도의 복음을 전하고 있다.

정순심 목사님의 간증집 발간을 축하드립니다. 정순심 목사님의 삶의 순간마다 주님의 섭리하심을 볼 수 있는 은혜로운 간증들이 감동을 줍니다. 가족과 친척들의 영혼 구원을 위해 한 생명 한 생명을 헌신적으로 섬기며 예수님의 사랑을 실천하는 목사님의 전도 여정이 큰 울림을 주며 전도에 대한 도전을 받게 합니다.

> "무명한 자 같으나 유명한 자요
> 죽은 자 같으나 보라 우리가 살아 있고
> 징계를 받은 자 같으나 죽임을 당하지 아니하고
> 근심하는 자 같으나 항상 기뻐하고
> 가난한 자 같으나 많은 사람을 부요하게 하고
> 아무것도 없는 자 같으나 모든 것을 가진 자로다"
> (고후 6:9~10)

사도 바울은 고린도후서 6장 9절부터 10절에서 하나님의 일을 하는 자들을 말하고 있는데 '무명한 자 같으나 유명한 자요, 가난한 자 같으나 많은 사람을 부요하게 하고 아무것도 없는 자 같으나 모든 것을 가진 자'라고 말합니다.

정순심 목사님은 무명한 자 같으나 유명한 자요, 가난한 자 같으나 많은 사람을 부요하게 한 자요, 아무것도 없는 자 같으나 모든 것을 가진 자라고 할 수 있습니다. 하나님의 의에 주리고 목말라하며 주님의 지상명령 복음전파의 사명을 이루어가는 삶이라고 말할 수 있습니다. 육신에 속한 것을 구하지 않으시고 하늘의 것을 갈망하며 살아오신 걸음마다 은혜의 순간을 만나게 됩니다. 하나님의 사람 정순심 목사님은 심령이 가난한 자로서 늘 하나님의 사랑을 구하는 기도로 세상 사람들을 의의 길로 인도하십니다. 세상의 것을 취하는 기쁨보다 하늘의 것을 취하는 기쁨으로 살아오셨습니다. 그러므로 정순심 목사님은 모든 것을 가진 자요, 유명한 자라고 말할 수 있습니다. 정순심 목사님은 한 생명을 구원하기까지 찾고 찾으시는 주님의 심정을 받아 영혼을 구원하는 데 일생을 드리기를 기뻐하시는 분입니다. 남은 생애에도 생명을 살리고 구원하기를 갈망하여 WBM 선교회 안산선교본부에서 선교 동역을 하고 계십니다.

이 간증서가 널리 알려져서 정순심 목사님과 함께하신 주님을 만나고 영혼을 구원하는 도구로 쓰임 받기를 바랍니다.

손은실 목사

(선한교회 담임, 수필가, 시인, 한국문인협회 회원, 국신문학회 회원)

C/O/N/T/E/N/T/S

제1부

아브라함의 하나님이
나의 하나님이 되시다

"여호와께서 아브람에게 이르시되
너는 너의 고향과 친척과 아버지의 집을 떠나
내가 네게 보여 줄 땅으로 가라
내가 너로 큰 민족을 이루고 네게 복을 주어
네 이름을 창대하게 하리니 너는 복이 될지라
너를 축복하는 자에게는 내가 복을 내리고
너를 저주하는 자에게는 내가 저주하리니
땅의 모든 족속이 너로 말미암아
복을 얻을 것이라 하신지라"
(창 12:1~3)

고향 땅을 떠나
새로운 삶을 시작하다

　나는 전라남도 무안군 시골 마을에서 4녀 1남의 넷째로 태어났다. 부모님께서는 유교적인 윤리와 도덕을 삶의 중심에 두시고 사셨다. 농사를 지으시면서 5남매를 키우셨기 때문에 가정 형편이 넉넉하지 못해서 중학교에 입학했지만 마치기가 어려웠다. 학교를 그만둬야 한다는 생각에 마음이 아팠다. 정든 친구들, 선생님, 학교를 떠나려 하니 눈물이 앞을 가렸다. 중학교를 중퇴하고 돈을 벌어야 할 상황이 되어서 어디로 가서 일할까? 고민하다가 둘째 언니가 사는 부산으로 가서 직장을 구하기로 하고 집을 떠났다. 부산에서 직장생활을 하는데 동료들이 나에게 전도를 하였다. 어렸을 때 시골 교회 목사님과 사모님이 한복 팔꿈치를 예쁘게 꿰매 입고 아주 낡은 가방에 성경책을 넣고 다니면서 동네에서 전도하시던 모습이 천사처럼 보였던 것이 생각났다. 그래서 동료들의 전도를 쉽게 받아들였다. 그때는 분별력이 없어서 교회는 모두 다 같은 줄 알았다. 가보니 전도관이었다. 나는 찬양이 너무 좋아서 매주 갔고, 박태선 장로가 신앙촌에서 부산으로 오는 날이면 합동 예배를 드리고, 생수 안수도 받았다. 4년 정도 전도관을 다니면서 직장도 열심히 다녔다.

나는 교회 밑에 셋방을 얻어서 살았다. 그 집 주인 부부도 신앙촌에 다니다가 결혼식을 하고 나왔다고 했다. 박태선 장로가 주님 오실 날이 연기되었다고 하면서 결혼식장을 지어 많은 총각, 처녀들을 결혼시켰다고 했다. 그때 집 주인 부부도 결혼식을 하고 신앙촌에서 나오려고 하니 봉사하고 헌신한 모든 것을 놓고 나가라고 해서 빈손으로 나와 살림을 시작했다고 했다. 그때부터 신앙촌에서 나오는 사람들이 많아졌으며, 이단으로 판명되고 박태선 장로 자녀들의 비리도 밝혀졌다. 죽지 않는다던 박태선 장로가 죽자 전도관은 하나, 둘 문을 닫았다. 그런데도 나는 성경을 잘 몰랐고, 신앙촌의 실체를 정확하게 알지 못했다.

"그 땅에 기근이 들었으므로

아브람이 애굽에 거류하려고 그리로 내려갔으니

이는 그 땅에 기근이 심하였음이라"(창세기 12:10)

내 나이 23살 혼기가 꽉 찬 나이가 되었다. 지금은 결혼 적령기 나이가 많아졌지만 그 시절에는 여자 나이 스무 살이 넘으면 결혼을 하는 시대였다. 같이 일을 하던 친구들이 하나, 둘 결혼을 하고 직장을 떠나니 나도 더 이상 직장에 다니고 싶지가 않았다. 앞으로 어떻게 살아가나 생각하다가 신앙촌으로 들어가면 시집을 가지 않아도 살 수 있고, 집도 필요 없고, 몸만 들어가면 된다는 말을 들은 것이 기억나서 퇴직을 하고 신앙촌으로 들어가려고 짐을 싸들고 고향으로 갔다. 부모님과 가족들에게 알리려고 굳게 마음을 먹고 집에 도착했다. 그런데 어머니와 언니들은 내가 결혼하기를 바라는 마음에 맞선을 보도록 준비하고 나를 기다리고 있었다. 하지만 나는 결혼하고 싶은 마음이 없었다. 언니들의 결혼 생활이 행복해 보이지 않았기 때문이다. 언니 집에 들러서 시간을 보내고 있는데 낯선 남자가 오토바이를 타고 언니 집으로 들어왔다. 나를 만나러 온 사람이라고 했다. 그때에는 오토바이가 귀한 시대라서 오토바이를 타고 나타난 남자가 멋지게 보였다. 그 당시는 자가용이 흔하지 않고, 오토바이를 타는 사람도 많지 않았기 때문에 내 눈에는 특별하게 보여서 신앙촌으로 들어가 살겠다는 생각을 접고 그 사람을 만나서 결혼해서 살기로 했다. 지금 생각해 보니 하나님께서 내가 신앙촌으로 들어가는 것을 막으신 것이라는 생각이 든다. 하나님은 나를 참된 진리의 길로 인도하실 계획을 하고 계셨던 것 같다.

나는 오토바이를 타고 나타난 남자와 약혼식을 성대하게 치르고 그 남자가 운영하는 오토바이 센터에서 신혼살림을 차리고 살았다. 시어머니께서는 불심이 깊어서 날마다 불공을 드리는 분이었다. 그러나 내가 어떤 신앙을 가져도 반대할 마음은 없다고 하셨다. 나는 안심이 되었다. 나를 만나기 전에는 오토바이 센터가 그럭저럭 잘되었다고 했는데 내가 살림을 하면서부터 남편의 사업이 점점 어려워지고 생활도 무척 어려워졌다. 생활의 터전을 전라도에서 인천광역시 도화동으로 옮기기 위해 보따리 몇 개만 가지고 이사를 하게 되었다. 아브라함이 기근이 들어 애굽에 거류하려고 내려갔던 것처럼 돈을 벌기 위해 고향을 떠난 것이다.

마침내 가나안 땅에
들어갔더라(창세기 12:5)

인천광역시로 이사를 와서 생활이 조금 안정되자 교회를 가고 싶어서 남편에게 교회를 가겠다고 했더니 남편은 어머니께서 날마다 불공을 드리는데 어떻게 교회를 가느냐고 어머니께서 돌아가시면 교회를 가라고 했다. 남편과 결혼하면 교회를 다녀도 괜찮다고 시어머니께서 말씀하셨기에 내가 신앙생활하는 것이 아무 문제가 되지 않을 것이라 생각했는데, 그때의 내 신앙은 남편과 시어머니의 뜻을 꺾을 만큼 믿음이 굳세지 않았던 것 같다.

교회 가겠다는 생각을 접어두고 몇 년이 흘렀다. 두 아들을 낳아서 기르고 어렵던 살림도 조금씩 나아지면서 연립주택도 마련했다. 그런데 아이들이 초등학교에 들어갈 무렵 내 몸에 이상이 생겼다. 안면마비가 온 것이다. 내 나이 32세, 삼십 대 초반 나는 절망

했다. 내 인생의 봄날은 여기까지라는 생각이 들었다. 나는 웃음을 잃어버렸고, 내 틀어진 얼굴을 사람들이 이상하게 볼까 봐 아이들 학교에도 갈 수 없었고 친구들도 만나지 못했다. 우울한 마음이 심해서 밖에 나갈 때면 고개를 푹 숙이고 다녔다.

그러던 어느 날 주님께서 한 줄기 빛으로 내게 찾아오셨다. 전도의 미련한 것으로 구원을 이루시는 주님께서 같은 연립에 사시는 집사님을 전도인으로 보내신 것이다. 집사님은 나에게 함께 교회에 가자고 하셨다. 그동안 잊고 살았던 교회, 찬양이 좋아서 다녔던 교회, 예수가 누구인지 구원이 무엇인지도 모르고 다녔던 교회, 교회에 가서 찬양하고 예배드리고 싶은 마음이 간절했기에 주저하지 않고 따라갔다. 주님은 그때 나를 부르고 계셨다. 나는 그때까지 전도관이 교회인 줄 알고 있었다. 그런데 생명의 주님은 나를 참된 진리 가운데로 인도하셔서 내 신앙을 바른길로 인도하셨다. 나는 이웃집에 사시는 집사님의 전도를 받아서 바로 교회에 나갔다. 그리고 전도관에서의 신앙이 바르지 못했다는 것을 깨닫게 되었다. 교회에 나가서 목사님의 말씀을 듣고 성경을 공부하면서 복음을 제대로 받아들이고 나니 교회 가는 것이 너무 좋아서 교회를 열심히 다니게 되었다.

내가 교회에 나가 신앙생활을 시작하면서 우리 가정은 영적 전쟁이 시작되었다. 남편은 무슨 교회를 그렇게 맨날 가느냐고 화를 내면서 교회만 갔다 오면 시비를 걸어서 싸우게 되었다. 교회가 밥 먹여주느냐, 계속 교회에 다니려면 이혼을 하자고 했다. 하지만 나는 교회 가는 것을 멈출 수가 없었다. 어디서 그런 힘이 나왔는지 알 수 없었지만 내 힘은 아니라는 것을 알았다.

교회는 우리 집에서 걸어서 한 시간 거리였다. 나는 예배 시간은 모두 참석하여 찬양하고 예배를 드렸다. 주일예배, 수요예배, 철야예배, 새벽예배, 구역예배. 교회에 가면 마음이 평안하고 천국이었지만 집에 가면 지옥 같은 삶이었다. 나는 천국 같은 교회에 나갈 수밖에 없었다. 주일 날이면 아이들을 데리고 교회에 갔다. 남편은 잘못된 교회에 빠질까 봐 나 몰래 교회에 와서 교회를 살펴보고 간 것 같았다. 그래도 핍박은 계속되었다.

남편과 교회 출석 문제로 지속적인 싸움이 있었지만 내 믿음은 더욱 단단해졌다. 남편은 더 이상 내 믿음을 꺾을 수 없다는 것을 알게 되었는지 나를 따라 교회에 가겠다고 했다. 주님은 언제나 내 편이었다. 아니, 믿는 자들의 편이라는 생각이 들었다. 남편과 함께 신앙생활을 하면서 교회생활도 더 힘있게 할 수 있었다. 각 부서에서 봉사하고 각종 성경 공부도 하면서 성경 지식이 조금씩 쌓여갔다.

그렇게 신앙생활을 하는 중에 내 얼굴도 다 낫게 되었다. 하나님의 은혜로 치료되었다. 남편도 직장생활을 정리하고 다시 사업을 하게 되었다. 남편의 사업이 잘되어서 연립주택을 팔고 이층집도 샀다. 예수 믿으니 영, 육이 복을 받아서 이제는 신앙생활 잘하면서 살면 되겠다는 생각이 들었다.

보살 시어머니의 영혼을
구원하시다

남편과 함께 신앙생활을 하니 마음이 편하고 남편의 사업도 잘되어서 삶이 안정되는가 싶었는데 우리 가정에 시련이 닥쳤다. 잘되던 남편의 사업은 어려워지고, 우리 가정이 예수 믿는다고 잘 오시지 않던 보살이신 시어머니께서 뇌경색으로 편찮아지면서 우리 집으로 오시게 되었다. 그동안 내 기도는 시어머니 구원과 친정어머니 구원이었다. 편찮으시기 전, 시어머니는 우리 집에 오시면 부적을 붙이고 불경부터 읽으셨다. 우리 가정이 예수 믿는 가정으로 변화되어서 부적 붙이고 불경 읽는 것을 못하시니 우리 집에 잘 안 오셨던 것 같다. 주님은 나의 간절한 기도를 들으시고 시어머니께서 우리 집에 오실 수 있도록 계획하셨다. 다른 형제들도 있었지만 편찮으시니 모시려고 하지 않았다. 나는 시어머니가 너무 불쌍했다. 주님께서 시

어머니의 영, 육을 살리시려고 나에게 불쌍히 여기도
록 은혜를 주셨다.

> "예수께서 나아와 말씀하여 이르시되
> 하늘과 땅의 모든 권세를 내게 주셨으니
> 그러므로 너희는 가서 모든 민족을 제자로 삼아
> 아버지와 아들과 성령의 이름으로 세례를 베풀고
> 내가 너희에게 분부한 모든 것을 가르쳐 지키게 하라
> 볼지어다 내가 세상 끝날까지
> 너희와 항상 함께 있으리라"(마태복음 28:18~20)

나는 주님의 마지막 명령인 복음 전파의 명령에 순
종하여 시어머니를 주님의 사랑으로 섬겼고, 복음을
전했다. 내가 주님의 사랑으로 전심으로 섬기니 하나
님께서 일하기 시작하셨다. 평생을 귀신의 종노릇하
신 시어머니가 내가 전하는 복음에 귀를 여시기 시작
했다. "어머니, 예수 믿고 천국 가셔야 합니다." 시어
머니께 내가 어떻게 입을 열어 복음을 증거하게 되었
는지 나 자신도 모르겠다.

"그러면 무엇이냐 겉치레로 하나 참으로 하나
무슨 방도로 하든지 전파되는 것은 그리스도니
이로써 나는 기뻐하고 또한 기뻐하리라"

(빌립보서 1:18)

이 말씀이 나에게 힘이 되고 능력이 되었다. 시어머
니께 복음을 증거하기 시작하니 사단의 역사도 심했
다. 시동생은 우리 집에 와서 물건을 집어 던지며 행
패를 부렸다. 이유는 시어머니를 잘 모시지 않는다는
것이었다. 날뛰는 시동생을 바라보면서 어처구니가
없었다. 시어머니께서 건강하실 때는 모셔다가 자기
아이들을 보게 하더니 편찮으신 시어머니를 모시지는
않고 우리만 원망하며 트집을 잡았다. 하지만 나는 시
동생이 아무리 공격을 해도 싸우지 않고 주님을 의지
하고 기도했다.

"우리의 씨름은 혈과 육을 상대하는 것이 아니요
통치자들과 권세들과 이 어둠의 세상 주관자들과
하늘에 있는 악의 영들을 상대함이라"(에베소서 6:12)

이 말씀에 의지하여 기도하는 가운데 하나님이 주시는 평강이 임했다. 거듭된 시동생의 행패에도 불구하고 시동생을 불쌍히 여기는 마음으로 기도하며 견디었다. 시어머니께서 우리 집에 오신 지 두 달 정도 지났을 무렵이었다. 어느 토요일에 "얘야, 나도 교회에 가고 싶다." 하시면서 수중에 숨겨 두셨던 돈을 다 꺼내놓으셨다. "이것 다 하나님께 드려야겠다." 하셨다. 시어머니의 전 재산 몇만 원, 그 돈을 챙겨 놓으시고 다음 날 교회 가실 준비를 하셨다.

나는 시어머니의 손을 잡고 산 중턱에 있는 수봉산 교회로 올라갔다. 골고다 언덕으로 십자가 지고 가신 예수님이 생각났다. 내 육신은 힘들었으나 내 영혼은 기쁨이 충만했다. 교회에 가서 맨 앞자리에 시어머니와 함께 앉아서 예배를 드리는데 천군 천사가 시어머니의 찬양을 돕는 것 같았다. 시어머니께서는 그날 한 번 교회 가셔서 전 재산 몇만 원 다 드리고 몸져누우셨다. 교회 가시기 전에는 찬양 듣기를 너무 싫어하시더니 시어머니께서는 찬양을 들려 달라고 하셨다. 찬양을 들으실 때마다 시어머니 속에서 역사하는 귀신들이 떠나간다고 날마다 말씀하셨다.

　어느 날은 꿈에서 어떤 여자가 큰절을 하고 잘 가시라고 하며 떠났다고 하셨다. 또 한 날은 긴 다리가 있는데 외길이라서 가는 길만 있고 오는 길은 없는데다 너무 좁아서 사람들이 가다가 다리 밑으로 떨어져 버리고 어린애들도 많이 떨어지는데 당신도 떨어졌다가 다리 난간을 붙잡고 겨우 다리 위로 올라오셨다고 하셨다. 내 생각에 시어머니께서 부끄러운 구원이나마 받으신 것 같았다. 이런 현상들을 보여주지 않으셨다면 평생 부처에게 불공만 드렸던 시어머니께서 한번 교회에 나갔다고 구원을 받을 수 있었을까?

　하나님께서 죽음의 문턱에서 시어머니의 영혼을 구원하셨다. 하나님께서 택하시기로 작정하신 하나님의 양을 찾으시는 걸 보니 날마다 기적을 일으키시는 주님의 능력에 놀라고 기뻤다.

　시어머니께서 두 달 정도 우리 집에 계시는 동안 나는 계속 시어머니의 영혼 구원을 위해 기도했고, 시어머니께서는 날마다 찬양을 들으면서 지냈다. 시어머니 속에서 역사하던 더러운 귀신들이 하나, 둘 떠나간다고 말씀하셨다. 시어머니께서는 두 달 정도 하루도 쉬지 않고 찬양을 들으셨고 나는 기도를 쉬지 않았다. 오직 시어머니 영혼 구원과 가족 구원을 위해 기도했다.

시어머니께서는 자식들을 불러 모으시고 "예수 믿고 천국에 가자." 하시더니 며칠 후에 천국으로 거처를 옮기셨다. 평생 부처님 앞에 가서 불공만 드리시던 시어머니께서 빨간 십자가 보를 관에 엎으시고 천국 가시는 날 환송예배드리고 잠시 이별하였다. 천국에서 다시 만날 것을 기대하면서 무사히 장례예식을 마쳤다.

제사 문제에서
자유롭게 되다

시어머니께서는 내 전도를 받고 하나님의 은혜로 예수 믿고 천국에 가셨다. 그런데 시아주버님과 시동생은 제사를 지내야 한다는 것이다. 나는 단호하게 제사 지내는 것을 거절했다. 하지만 다른 형제들이 아직은 다 예수를 믿지 않으니 제사를 지내야 한다고 했다. 나와 남편은 어쩔 수 없이 물러나서 기도하기로 했다. 그래서 시어머니 제사는 불교 신자인 형님이 지냈다. 남편과 나는 제사 때마다 갈등이 심했다.

시어머니의 제사는 나에게 아무런 의미가 없었다. 주님의 품에서 영생 복락을 누리는 시어머니의 제사가 무슨 소용이 있을까? 우상 앞에 절하는 어리석은 형제들을 보는 것이 싫어서 나는 제사 드리는 것을 거부했고, 제삿날 형님댁에 가기를 싫어했다. 그러나 주님은 내 마음에 감동을 주셔서 가라고 하셨다. 하나님은 그 가운데서도 구원의 계획을 이루어가신다는 것을 그때는 깨닫지 못했다.

남편과 나는 제삿날 형제들을 만나러 갔는데, 우리는 기도하고 형제자매들은 절을 하고 그러기를 10여 년쯤 될 무렵 형님이 암 선고를 받고 투병생활을 하게 되었다. 형님의 영혼이 불쌍하다는 맘이 들었다. 인천에서 의정부까지는 먼 거리이지만 형님을 자주 방문해서 반찬도 해드리고 김장철에는 김장도 해드리면서 섬겼다. 그러면서 자연스럽게 복음을 전했다. 형님은 내가 진심으로 섬기면서 복음을 전하니 마음의 문이 열리고 예수님을 영접하게 되었다. 주님의 예비된 영혼이라는 생각이 들었다. 그 후에 형님은 신앙생활을 하시다가 천국에 가셨다.

형님의 영혼은 구원받고 천국에 가셨지만 시아주버님은 주님을 영접하지 않고 혼자 지내셨다. 시아주버님이 혼자 계시기에 제사는 시동생이 지내게 되었다. 혼자 계신 시아주버님을 가끔 찾아가서 필요한 일을 해드리고 섬기면서 조심스럽게 복음을 전했다. 하나님께서 가까운 교회 전도사님을 보내셔서 나와 합력하게 하셨다. 결국 평생 불경만 읽으시면서 살던 시아주버님께서 교회를 가시겠다고 하였다. 하나님의 일하심을 보고 나는 놀랐다. 시아주버님은 가까운 교회를 다니시면서 세례받고 집사 직분을 받았다. 집사가 되어서 전도까지 하셨다고 기뻐하시는 것을 뵈니 너무 감사하고 기뻤다. 그렇게 신앙생활 잘하시다가 시아주버님은 천국으로 가셨다. 시아주버님의 장례식은 기독교 장례로 치렀다. 부족한 나를 통해 일하시는 주님께 영광을 돌렸다. 하나님께서는 택하신 백성은 결단코 구원하신다는 것을 경험하게 되었다.

　남편은 시동생이 제사 지내는 것이 형으로서 편하지 않은 것 같다. 시동생도 예수 믿고 천국 가기를 기도하고 있다. 의인의 기도를 들으시는 주님께서 주님의 때에 반드시 구원하실 것을 믿는다.

남편의 사업이 다시 어려워지고 핍박하여 세상으로 나가다

　시어머니의 장례예식은 주님의 놀라운 은혜로 잘 마쳤는데 잘되던 남편의 사업은 내리막길을 걷고 있었다. 친척들은 예수 믿고 다 망했다, 시어머니는 우리가 잘못 모셔서 돌아가셨다, 하면서 우리를 원망하고 비난했다. 나는 너무너무 괴로워서 밤에 잠을 잘 수가 없었다. 저녁에는 교회에 가서 기도하고 낮에는 파출부 일을 했다. 생활이 어려워지니 함께 교회를 다니던 남편이 나를 다시 핍박하기 시작했다. 핍박이 점점 심해져 성경책을 집어 던지면서 고래고래 소리를 질렀다. 주님을 아직 인격적으로 만나지 못한 남편은 사업이 잘되고 세상일들이 잘되는 것을 주님의 은혜로 오해하고 있는 것 같았다. 내 신앙으로는 아직 남편에게 하나님의 섭리를 설명하기가 어려웠다.

　사업은 계속 내리막길을 걸었고 생활이 어려워져

서 집을 팔려고 내놓았다. 집은 내놓자마자 금방 팔렸고 우리는 전세를 얻어 살게 되었다. 남편은 집 판 돈의 일부를 가지고 중고 건설중장비를 하나 사서 일을 시작했다. 하던 사업을 정리하고 새로운 사업을 시작했지만 금방 돈이 벌리지 않으니 수년간 모은 재산은 한순간에 사라져갔다. 견디기 힘든 시간을 보내고 있는데 더 속상한 것은 집을 팔고 나니 집값이 두 배, 세 배 뛰어오르기 시작했다. 다시 내 집을 마련하고자 했던 꿈도 사라져버렸다. 하지만 다시 집을 사야겠다는 생각을 포기할 수 없어서 돈을 벌러 나섰다.

내가 시작한 일은 방문판매였다. 그런데 돈은 벌리지 않고 빚만 늘어갔다. 한참 지난 뒤에 생각하니 주님께서 나에게 전도훈련을 시키신 것 같았다. 이러다가 전셋돈 몇 푼마저 다 잃어버릴 것 같았다. 그러면 우리 아이들과 어떻게 살까? 불안한 마음이 들어서 기도를 시작했다. 내 삶의 문제를 해결해 달라고 날마다 철야기도 하고, 새벽예배 드리고 집에 오는 일이 일상이 된 어느 날 철야기도 시간에 불 같은 성령이 찾아오셨다. 회개의 눈물이 터지자 눈물, 콧물 흘리면서 예수님이 십자가에 못 박혀 죽으신 것이 나의 죄 때문이라는 생각에 십자가만 보면 눈물이 났다.

그런 시간이 3년 정도 지속되었던 것 같다. 그 후로 새벽에 기도하는데 방언을 주시고 예언도 주셨다. 영적 세계가 열리고 보였다. 귀신들도 보였다. 그런 것들이 보이는 것이 싫어서 보이지 않게 해달라고 기도 했더니 보이지 않았다. 그리고 천국과 지옥이 확실하게 믿어지면서 복음을 더 확신 있게 전하였다. 내 삶을 회복시켜 달라고 기도했는데 하나님은 금보다 더 귀한 보화, 불 같은 성령을 주셨다.

내 생활은 주님의 은혜로 조금씩 회복되어 갔다. 우리 아이들과 편안히 등 붙이고 살 집을 하나 달라고 간절히 기도했더니 꿈에 조그마한 빌라 하나가 보였다. 우리 가족은 얼마 지나지 않아 다시 조그만 빌라로 이사를 했다. 주님은 여전히 나를 사랑하시며 내 기도에 귀를 기울이고 계심을 확신하였다.

제2부

에스겔의 하나님은
나의 하나님이시다

"갈대아 땅 그발 강 가에서 여호와의 말씀이
부시의 아들 제사장 나 에스겔에게 특별히 임하고
여호와의 권능이 내 위에 있느니라"
(겔 1:3)

"그가 내게 이르시되 인자야 네 발로 일어서라
내가 네게 말하리라 하시며 그가 내게 말씀하실 때에
그 영이 내게 임하사 나를 일으켜 내 발로 세우시기로
내가 그 말씀하시는 자의 소리를 들으니 내게 이르시되
인자야 내가 너를 이스라엘 자손 곧 패역한 백성,
나를 배반하는 자에게 보내노라 그들과 그 조상들이
내게 범죄하여 오늘까지 이르렀나니"
(겔 2:1~3)

생사화복이 주님께 있음을
깨닫게 하시다

　하나님은 나의 기복신앙과 내 속에 가득 찬 세상의 때를 벗겨내기 시작하셨다. 높은 눈과 욕심을 버리라고 하셨다. 에스겔에게 보이신 주님이 나에게도 보이시며 따라오라 하시는데 나는 영적인 눈이 어두워 세상으로 나갔다. 어려운 가정 경제를 살리려고 파출부를 하기로 했다.

　첫날 파출부로 간 곳은 횟집이었는데 종업원 세 사람이 일하고 주인도 있었으니 손님이 많이 오는 집인 것 같았다. 그날 팔 음식을 많이 준비해 놓고 손님을 기다렸다. 그런데 기적이 일어났다. 손님이 한 사람도 오지 않는 것이었다. 횟집 주인은 이게 무슨 일이냐고 신경질을 내면서 냉장고 청소를 하라고 했다. 그릇을 많이 내놓으면서 닦으라고도 했다. 장사도 안 되는데 일당을 주려니 화가 난 것 같았다.

"참새 두 마리가 한 앗사리온에 팔리지 않느냐

그러나 너희 아버지께서 허락하지 아니하시면

그 하나도 땅에 떨어지지 아니하리라"(마태복음 10:29)

참새 한 마리도 하나님이 허락하지 않으면 땅에 떨어지지 않는다는 주님의 말씀이 생각났다. 장사도 하나님이 손님을 보내주셔야 된다는 것을 알게 했다. 품삯 몇 푼 받아 가지고 와서 겨우 생활을 했다. 요나 생각이 났다. 나 때문에 장사가 안되는 것 같았다. 한편으로는 그런 날도 있겠지 하면서 마음을 달랬다.

둘째 날 나는 분식집으로 일을 하러 갔다. 그날은 나혼자 갔다. 주방장은 아침 일찍 김밥, 만두, 김치 등을 어마어마하게 쌓아 놓고 있었다. 점심 장사를 하려고 하는 것 같았다. 기적은 또 일어났다. 손님이 오지 않았다. 주방장이 주방에서 나오더니 이것이 무슨 일이냐고 하면서 5년 동안 여기서 일을 했지만 이런 일은 처음이라면서 이해하기 어렵다는 표정을 지었다. 종일 손님은 없었다. 품삯 만 오천 원을 받아 가지고 오려는데 김밥은 내일 못 쓰니 나눠 가지고 가라고 했다. 둘째 날도 나 때문에 장사가 안된 것 같아서 마음이 편하지 않았지만 돈을 벌려는 마음을 접지 못했다.

셋째 날, 거기는 세 사람이 갔다. 회도 팔고, 돌게 젓갈, 굴부침개, 튀김, 매운탕도 팔았다. 오늘은 어떨까? 신기하게 손님이 없었다. 주인은 속이 상하고 화가 나서 세 사람에게 유리창 청소를 시켰다. 종일 하는 일 없이 품삯을 주려니 화가 난 것 같았다. 하나님의 역사를 목격하면서 일을 하러 가는 것은 민폐라는 생각을 했다. 돈의 흐름이 하나님의 손안에 있음을 깊이 깨달았다.

> "여호와는 죽이기도 하시고 살리기도 하시며
> 스올에 내리게도 하시고
> 거기에서 올리기도 하시는도다
> 여호와는 가난하게도 하시고 부하게도 하시며
> 낮추기도 하시고 높이기도 하시는도다
> 가난한 자를 진토에서 일으키시며
> 빈궁한 자를 거름더미에서 올리사
> 귀족들과 함께 앉게 하시며

영광의 자리를 차지하게 하시는도다
땅의 기둥들은 여호와의 것이라
여호와께서 세계를 그것들 위에 세우셨도다
그가 그의 거룩한 자들의 발을 지키실 것이요
악인들을 흑암 중에서 잠잠하게 하시리니
힘으로는 이길 사람이 없음이로다"

(사무엘상 2:6~9)

부분적으로 믿었던 성경이 다 믿어졌다. "하나님이 빼앗으시면 누가 막을 수 있으며 무엇을 하시나이까 하고 누가 물을 수 있으랴"(욥 9:12) 욥의 고백이 생각났다. 주님께서 나를 이끌고 다니시면서 보여주신 것이 인간들의 생사화복이 주님의 권한 안에 있는 것임을 깨달았다. 나는 이제 주님의 손안에서 벗어날 수 없음을 알고 결단을 내려야겠다고 생각했다.

베드로의 하나님은
나의 하나님이시다

하나님은 고기를 잡던 어부 베드로가 사람을 낚는 어부가 된 것을 기억나게 하셨다. 내가 가는 집마다 어마어마한 손해가 나는 것을 보았으니, 내가 일을 하러 가는 집은 나 때문에 영문도 모르고 큰 손해를 본다는 생각이 들어 멈추어야겠다는 결단을 내렸다. 식당에서 일하는 동안 나의 강한 자존심은 다 무너졌고, 세상 화려한 것을 꿈꾸고 집착했던 것도, 욕심도 내려놓게 되었다. 아니, 주님께서 내려놓게 하셨다. 얼마 전까지만 해도 쳐다보기 싫었던 빌라는 천국처럼 느껴졌다. 심령의 천국이 오니 모든 것이 감사했다. 큰집 사느라 빚진 것도 다 정리하고 마음도 비웠으니 하늘을 나는 것같이 마음이 가벼웠다.

이제 내가 돈 번다고 옛날로 돌아갈 수는 없었다. 날마다 교회에 가서 철야예배를 드리고, 새벽예배를 드리고, 낮에는 교회에 가서 전도하는 등 나의 삶의 패턴은 완전히 바뀌었다. 생활은 여전히 어려웠고, 남편은 신앙생활을 하면서도 핍박했다.

나는 그래도 전도하는 일을 쉬지 않았다. 교회에서 하는 전도폭발 훈련도 받았다. 전도에 대한 일이라면 무엇이든지 했다. 아침에 교회로 출근하여 종일 전도하다가 집에 와서 저녁 먹고 또 교회 가서 기도하는 등 나의 일상은 전도가 되었다. 내 가슴은 영혼 구원에 대한 열정으로 불탔다. 집에 가만히 있을 수가 없었다. 일 년에 만 원짜리 신발 두 켤레씩 닳아서 버리곤 했다. 육신은 피곤했지만 영혼은 천국이었다.

남편은 내가 돈을 벌기를 원하였다. 그런데 돈을 쓰고만 다니니까 불만이 많았다. 내가 쓸 것은 직접 벌어서 쓰라고 했다. 모든 물질이 주님의 것임을 모르니 그럴 수밖에 없었다.

나는 기도만 하고 전도에 빠져 있었다. 남편은 이런 나에게 주기적으로 이혼하자고 했다. 그때마다 바울처럼 죽고 또 죽었다. 그러면 남편은 잠잠해졌다. 나는 하나님께서 감동 주시는 대로 남편의 영혼과 전도

대상자를 위해 더욱 간절히 기도했다. 그럴 때마다 남편은 조금씩 변했고, 전도한 영혼들이 돌아오는 역사가 일어났다.

첫 열매를
드리게 하시다

"너의 토지에서 처음 거둔 열매의
 가장 좋은 것을 가져다가
 너의 하나님 여호와의 전에 드릴지니라"(출 23:19)

남편은 중장비 자격증을 취득해서 중장비 사업을 시작했다. 초보라서 부르는 사업장이 없어 한동안 일이 없었다. 여기저기 일할 사업장을 찾던 중 충청도에서 한 달짜리 일이 들어왔다. 어렵게 한 달을 채우고 백오십만 원을 받아왔다. 어려운 살림에 그때 돈으로 거금이었다. 너무 고생하며 벌어온 돈이라 쓸 수가 없어서 가지고 있었다. 그런데 이게 웬일인가? 하나님께서 내 마음에 감동을 주시는데 남편이 힘들게 벌어온 한 달 소득을 몽땅 드리라는 것이다. 어떻게 하면 좋을까? 하나님, 반만 드리면 안 될까요? 내 마음에 자꾸 안 된다고 했다. 남편이 알면 이혼하겠다고 할 것 같았다.

너무 괴롭고 힘들었다. 부자 청년이 이해가 되었다. 이혼하자고 하면 하리라, 순종하기로 했다. 주일날 그 돈을 몽땅 드렸다. 그때까지도 남편은 모르고 있었다.

그런데 몇 주 지난 어느 주일날 예배를 마치고 남편과 함께 교회 문을 나올 때 목사님께서 남편과 악수를 하면서 "어떻게 그 큰돈을 헌금하셨느냐"고 인사를 했다. 하나님께서는 남편 몰래 헌금하는 것도 허락하지 않으셨다. 집에 돌아와서 남편은 난리가 났다. 내가 어떻게 일을 해서 번 돈인데 십일조만 하든지 하지 다 드렸냐고 화를 냈다. 성경책을 내던지며 교회에 안 간다고 했다. 나는 하나님께서 하라고 하셨으니 하나님께서 해결해 주시기를 기도했다. 남편은 목사님께 돈을 찾으러 가야겠다며 엄포를 놨다. 그래도 기도만 했다. 정말로 가면 어떻게 하나 걱정도 되었다. 그런데 남편은 가지 않았다. 나와 함께하신 주님께 감사했다. 목사님께 가서 돈을 찾아오지는 않았지만 나는 가정의 경제권을 빼앗겼다. 쓸 만큼 조금씩 주고 가계부를 쓰라고 했다. 나는 부족한 생활이지만 감사함으로 감당했다.

축복의 하나님이
십일조를 드리게 하시다

  남편은 새로운 사업을 시작하고 힘들었지만, 하나님께서는 내가 남편 몰래 드린 백오십만 원의 첫 열매를 받으시고 남편의 사업 문을 열어주셨다. 사업은 계속 잘되었고, 물질 축복의 문이 열렸다. 주님은 십일조를 하라는 마음을 주셨다. 예배 때마다 십일조에 대한 말씀을 계속하셨다. 구역예배 때도 버스를 탔는데 운전기사가 예수 믿는 사람인지 설교 테이프를 듣고 있었다. 거기에서 십일조는 축복의 씨앗이라고 했다. 그제야 깨달았다. 십일조를 드리라는 것이구나! 그때부터 남편이 생활비를 주면 십일조를 드리기 시작했다. 남편은 생활비를 수표로 갖다 주었다. 수표 한 장을 십일조로 드리고 기도했다. 두 장 드리게 해 주세요, 그랬더니 그다음 달에는 두 장을 하게 되었다. 생활이 점점 나아지자 남편의 핍박도 줄었다.

사랑의 하나님, 축복의 하나님!

나는 감사와 찬양을 드리는 신앙생활을 하면서 주님께서 주시는 놀라운 축복을 경험하게 되었다. 사랑의 하나님, 축복의 하나님께서는 믿는 자들을 사랑하시고 복 주시려고 드리는 훈련을 시키시는 것 같았다.

제3부

가족 구원을
이루시는 하나님

"오직 성령이 너희에게 임하시면 너희가 권능을 받고
예루살렘과 온 유대와 사마리아와 땅끝까지 이르러
내 증인이 되리라 하시니라"
(행 1:8)

"그러나 하나님께서 세상의 미련한 것들을 택하사
지혜 있는 자들을 부끄럽게 하려 하시고
세상의 약한 것들을 택하사 강한 것들을 부끄럽게 하려 하시며
하나님께서 세상의 천한 것들과 멸시받는 것들과
없는 것들을 택하사 있는 것들을 폐하려 하시나니
이는 아무 육체도 하나님 앞에서 자랑하지 못하게 하려 하심이라
너희는 하나님으로부터 나서 그리스도 예수 안에 있고
예수는 하나님으로부터 나와서 우리에게 지혜와 의로움과
거룩함과 구원함이 되셨으니 기록된 바 자랑하는 자는
주 안에서 자랑하라 함과 같게 하려 함이라"
(고전 1:27~31)

친정어머니의
구원 역사

친정어머니께서는 시골에 혼자 계시다가 남동생이 우리 집에 와서 직장을 다니게 되자 혼자 계시기가 힘들어 농사를 정리하시고 올라오시게 되었다. 가까운 곳에 집을 얻어 남동생과 사시면서 가끔 우리 아이들을 돌봐주시곤 하셨다. 동생은 결혼해서 인천에서 살고 있었다. 그런데 직장 때문에 인천에서 진영으로 내려가게 되었다. 어머니께서는 혼자 계시는 시간이 많아서 나와 자주 만나게 되었다. "엄마, 예수 믿으세요." 내가 자주 말씀드리니까 어머니께서는 이제 와서 무슨 종교를 바꾸냐며 믿는 대로 살고 싶다고 하셨다. 유교적인 전통에 매여 살고 계신 어머니의 영혼이 불쌍하다는 마음이 강하게 들었다. 어머니의 영혼 구원을 위해 기도해야겠다는 마음을 하나님께서 주셨다.

나는 기도를 시작했다. 40일을 절식하면서 기도했

다. 절식하면서 기도한 지 39일째 되던 날 어머니께서는 진영에 사는 아들에게 가서 며느리 다니는 교회를 다니겠다고 했다. 나는 전도하고 기도만 했는데 하나님은 열심히 일하셔서 어머니의 영혼을 구원하셨다. 어머니께서는 며느리 따라 교회를 다녔다. 귀도 잘 안 들리시는데 보청기를 끼고 교회에 가셨다. 남동생은 아직 믿음이 없지만 반대하지는 않았다. 나는 어머니께 "엄마, 며느리 큰 복덩이가 들어왔다."고 했더니 무슨 말인지 이해하지 못하셨다.

시간이 지난 후 어머니를 뵈러 남동생 집에 갔더니 어머니께서는 한 시간 전에 제일 좋은 옷으로 갈아입고 교회 갈 준비를 하고 계셨다. 그러면서 너무 좋아하셨다. 나보다 더 열심히 신앙생활을 하셨다. 보청기를 끼고 목사님의 설교를 열심히 들으면서 하시는 말씀이 이 세상에서는 들어보지 못한 말씀이라면서 너무너무 좋은 말씀이라 주일만 기다려진다고 하셨다.

그렇게 주님의 은혜 안에서 신앙생활하시던 어머니께서 중풍이 와서 입원하게 되었다. 남동생 집에 내려가 어머니를 뵙고 와서 어머니의 치유를 위해 기도했다. 절식과 철야를 하며 기도했다. 20일 정도 되던 날 교회에서 철야기도를 하고 새벽에 기도하는데 내가 하지 않는 성경 말씀이 내 입에서 나오는 거였다. "기쁨으로 단을 거두리로다." 멈추려고 해도 멈춰지지 않았다. 주님은 내 간구에 응답하셨다. 마음이 기뻐서 찬양하며 우리 어머니 병을 고쳐주시려나 보다 생각하고 집으로 갔다. 그런데 남편이 일어날 시간이 아닌데 집에 불이 켜져 있었다. 무슨 일이 있느냐고 했더니 장모님께서 돌아가셨다고 했다. 시간을 알아보니 주님께서 내 입술에 말씀을 주신 그 시간이었다. 나는 순간 어머니를 왜 하나님이 데려가셨을까? 하는 생각이 잠시 들었지만 우리 어머니께서 천국에 가신 것이 확실하다는 생각이 들었다. 어머니께서 병이 나아서 더 오래 사셨으면 하는 마음이 커서 실감이 나지 않았다. 눈물도 안 나오고 아무 말도 안 나왔다. 어머니께서 구원받았다는 사실을 분명하게 가르쳐 주신 주님께 감사하고 영광을 돌렸다. 어머니께서 천국에 가시고 나는 천국에 대한 확신과 소망을 더욱 강하게 가지게 되었다.

구원 열차 계속 달려
둘째 언니 구원받다

　주님은 내 손을 잡고 부산으로 가자고 하셨다. 부산에는 둘째 언니가 살고 있었다. 종갓집 맏며느리인데 생활이 어려운 가운데도 제사는 꼬박꼬박 지내고 있었다. 내가 결혼 전에 부산에서 4년 정도 직장생활할 때 언니 집에 가끔 들렀는데 언니의 사는 형편이 좋아 보이지 않았다. 형부는 주색잡기에 빠져 백구두로 동네에서 유명했다. 언니의 사는 형편을 보고 결혼이 저런 거라면 난 결혼하고 싶지 않았다. 한동안 가지 못하고 오랜만에 갔더니 더 어렵게 살고 있었다.

　하나님은 거기서 내 입을 열어주셨다. "언니, 예수 믿어. 예수 믿는다고 해서 이보다 더 어렵겠나? 예수 믿어, 언니." 언니는 너무 쉽게 그래야겠다고 했다. 주님은 다 준비해 놓고 나를 보내신 것 같았다. 나는 입만 열었는데 역사가 일어났다. 내가 언니에게 빨리 제사 도구들, 그릇들을 가져오라고 했더니 모두 꺼내놓았다. 언니는 삶에 지칠 대로 지친 것 같았다. 나는 그 그릇들을 보자기에 모두 쌌다. 언니에게 쓰레기통에 버리고 오라고 했더니 언니는 너무나 쉽게 버리고 왔다. 이제부터 근처 교회에 주일날 꼭 가라고 했다. 주일날까지 있을 수 없어서 성경책을 준비해 드리고 인천으로 왔다. 인천에 와서도 언니 가정을 위해 기도를 멈출 수 없었다. 하나님께서 책임져 달라고 기도만 했다. "그 가정을 구하옵소서, 불쌍히 여겨 주시옵소서." 인천에 돌아와서 전화를 했더니 제사 문제로 갈등이 심하다고 했다. 그래도 절대로 제사를 지내지 말라고 했다. 언니는 교회 출석 문제로 고민하고 있다고 했다. 그런데 여름이라 더워서 현관문을 조금 열어 놓고 일을 하고 있는데 근처 교회 전도사님이 화장지 하나를 들고 자기 교회 성도 집인 줄 알고 들어오셨다가 언니를 교회로 인도하셨다고 했다. 주님은 천사를 보내신 것이다. 전도사님은 고평교회에서 왔다고 하시면서 교회 나오시라고 하고 가셨다고 한다. 언니는 바로 가겠다고 대답을 했다고 했다. 그리고 주일날 혼자서 교회를 찾아갔다고 했다. 주님이 택한 백성에게는 이렇게 쉽게 구원의 역사가 일어났다. 언니가 출석한 교회는 성도가 몇 사람 없고 목사님의 생활도 어렵다고 했다. 목사님은 그때부터 매주 주일에 언니를 태우러 오셨다고 했다. 나는 인천에서 지속적으로 언니의 신앙을 위해서 기도했다. 그리고 언니 집을 방문할 때는 같이 새벽예배를 드리러 갔다. 목사님, 사모님, 언니 세 분이 매일 기도를 하고 있다고 했다.

그 후 언니는 권사가 되었다. 나는 어려운 교회를 돕고 싶어서 십일조를 그 교회에다 하고 싶다고 했더니 목사님께서 우리 교인이 복을 받아야 하니 안 받겠다고 하셨다. 언니가 다니는 교회는 개발지역이라서 보상을 많이 받아 언니 집 가까이에 크게 교회를 건축해서 언니는 걸어서 교회를 다니게 되었다. 교회도 많이 부흥되었다. 나는 우상숭배하며 어렵게 살던 둘째 언니가 구원받고 주님 안에서 평안을 누리는 것을 보니 너무 감사했다.

주님이 사랑하시는
둘째 형부의 구원 역사

"이와 같이 성령도 우리의 연약함을 도우시나니
우리는 마땅히 기도할 바를 알지 못하나
오직 성령이 말할 수 없는 탄식으로
우리를 위하여 친히 간구하시느니라
마음을 살피시는 이가 성령의 생각을 아시나니
이는 성령이 하나님의 뜻대로
성도를 위하여 간구하심이니라
우리가 알거니와 하나님을 사랑하는 자
곧 그의 뜻대로 부르심을 입은 자들에게는
모든 것이 합력하여 선을 이루느니라"(롬 8:26~28)

전능하시고 사랑이 무한하신 하나님은 내가 보기에
는 구원받지 못할 것 같은 사람도 구원하셨다. 둘째
형부는 가정은 돌보지 않고 주색잡기에 빠져 살았다.
그래서 둘째 언니의 삶이 너무 힘들었다. 그런 형부

가 외국에 돈을 벌러 간다고 해서 새사람이 되려나 했다. 그런데 외국에 가서 어렵게 번 돈을 다 탕진해 버리고, 두 번째로 가서는 다리를 다치고 돌아와서 장애인이 되었다. 그래도 주색잡기는 끊지를 못했다. 우리 언니가 너무 불쌍했다. 나는 절식하며 계속 기도할 수밖에 없었다.

그러던 어느 날 형부가 우리 집에 왔다. 하나님께서 보내신 것이다. 그 자존심 강한 형부가 우리 집에 와서 안 가시는 것이었다. 알고 보니 간통죄로 쫓기는 신세가 되어서 피신 왔던 것이었다. 하나님께서 보내신 것 같았다. 할 말이 없었다. 열심히 복음을 전해야겠다는 맘이 들었다. 보름 정도 먹여주고 재워주며 창세기, 마태복음을 읽어주었다. "형부, 꼭 예수 믿으세요." 했더니 "처제, 부산에 가면 꼭 교회 나갈게요." 하는데 진심인 것 같았다.

며칠 후 성경책을 제일 좋은 것으로 사서 드렸다. 부산에 있는 당신 집에는 못 가고 방을 얻어 나갔는데 주인집 아주머니가 예수를 믿는 사람이더라고 했다. 그분 따라 교회에 갔다고 했다. 나는 성경만 읽어주었는데 주님께서 일하셨다. 그 후에 간통죄가 폐지되고 집으로 돌아가 우리 처제가 사준 성경책이라고 소중하게 간직하고 교회를 열심히 다니면서 주색잡기도 끊고 집사가 되었다. 형부는 74세가 되어서 천국으로 가셨다. 언니 권사님은 성경 필사를 하면서 넉넉한 삶은 아니지만 신앙생활 잘하면서 살고 있다.

주님의 구원하심은 사람의 생각과 뜻이 아니라 주님의 뜻대로 구원하심을 목격하게 되었다. 전적으로 타락한 인간은 주님의 은혜로만 구원받을 수 있다는 말씀의 역사를 경험하게 되었다. 하나님은 선악 간에 모든 환경과 상황을 통하여 합력하여 선을 이루심을 믿게 되었다.

큰언니, 자궁암 말기에서 치료받고 구원받다

"이르시되 기도 외에 다른 것으로는
    이런 종류가 나갈 수 없느니라 하시니라"(막 9:29)

내 친정은 4녀 1남인데, 내게 예수를 믿고 쉬지 않고 기도하며 전도하게 하신 하나님의 은혜로 거의 예수를 믿게 되었다. 나를 통한 하나님의 구원 역사가 얼마나 감사한지 모른다. 그런데 큰언니는 아무리 전도해도 요지부동搖之不動으로 끄떡하지 않았다. 그렇게 복음을 받아들이지 않던 큰언니가 자궁암 말기라고 했다. 수술도 안 된다는 것이었다. 언니는 살 거라는 생각은 안 하는 것 같았다. 방사선 치료를 받던 중에 우리 집에 왔다. 언니가 너무 불쌍하다는 마음이 들어서 나는 언니의 아픈 부분에 손을 얹고 간절히 기도했다. 주님의 마음으로 암에 좋은 약초를 구하여 달여드리고 인삼을 꿀에 재서 드렸다.

언니가 집으로 돌아간 후에도 계속 기도하면서 약초를 보내드리고 예수님의 사랑으로 간절히 기도했더니 언니는 암이 완치되었다. 하나님께서 고쳐주셨으니 하나님께 영광 돌리고 예수 영접하고 교회 가라고 했더니 잘 믿어지지 않는다고 했다. 언니는 우상숭배와 제사 문제를 해결하지 못하고 살다가 60대 초반에 자궁암 말기에 이르렀으나 주님께서 나를 통하여 치료의 은혜를 주셨다. 그러나 예수를 영접하지 않고 20년이 넘게 살았다. '하나님이 언니의 영혼을 구원하시지 않으시나' 하는 생각이 들 때마다 하나님께서는 택한 자녀는 반드시 구원하실 줄을 믿고 계속 기도했다.

언니는 하나님의 은혜로 자궁암을 치료받았지만 84세가 되도록 주님을 영접하지 않았다. 그런데 어느 날 전화가 왔다. 네가 제일 좋아할 것 같아서 전화를 했다고 하면서 이제 예수 믿고 교회 나간다고 했다. 교회에 등록하고 새신자 성경공부도 마쳤다고 했다. "할렐루야! 감사, 감사, 하나님께 영광돌립니다." 하나님께서 기뻐하시고 온 세상도 기뻐하는 것 같았다.

큰언니는 그 후로 내가 전화해서 성경 말씀을 전하면 잘 받아들였다. 전에는 복음을 전하면 화를 내고 논쟁만 하다가 대화가 끝났는데 이제는 주님께서 귀를 열어주시고 눈을 뜨게 하셔서 잘 듣고 부드러워졌다.

큰언니는 1년 정도 신앙생활을 잘하였다. 20년 전에 자궁암에서 치료함을 받고도 신앙생활을 하지 않고 부정하더니 주님의 때가 되니 언제 그랬느냐는 듯이 복음을 받아들이고 기뻐하며 살았다.

신앙생활을 잘하던 큰언니는 85세가 되어서 난소암에 걸렸다고 조카가 전화를 했다. 엄마가 얼마 살지 못할 거라고 했다. 나는 언니의 죽음 앞에서 평안했다. 이미 생명책에 기록된 구원받은 생명이라는 생각을 했다. 며칠 후에 언니를 찾아갔다. 성경을 읽어드리고 천국 가는 것에 확신을 가지도록 인도했다. 언니는 교회에서 세례도 받았다고 했다. 언니는 예수 믿고 교회 다닌 후에 밤에 잠을 자는데 꿈에 조상들이 나타나더니 이제 간다고 하면서 집에서 모두 떠났다고 했다.

주님께서는 주님의 정하신 시간에 구원의 은혜를

베풀어주셨다. 큰언니는 신앙생활 잘하시다가 주님의 부름을 받고 천국에 가셨다. 인간의 생각으로는 불가능한 것처럼 보여도 주님은 사랑으로 기다려 주시고, 보호해 주시고, 주님의 품으로 인도하시는 것을 보았다. 나는 기도하고, 축복하고, 사랑한 것뿐인데 주님은 한 영혼을 창세부터 택하시고 85년을 지키시다 구원하시는 것을 보았다.

제4부

전도폭발 복음제시 훈련받고
전도자가 되다

"너희 생각에는 어떠하냐
만일 어떤 사람이 양 백 마리가 있는데
그중의 하나가 길을 잃었으면
그 아흔아홉 마리를 산에 두고 가서
길 잃은 양을 찾지 않겠느냐
진실로 너희에게 이르노니 만일 찾으면
길을 잃지 아니한 아흔아홉 마리보다
이것을 더 기뻐하리라"
(마 18:12~13)

수봉산교회에서
평신도 사역을 하다

    나는 인천에 이사 와서 수봉산교회의 인도를 받아 신앙생활을 하면서 세례를 받고 집사, 권사가 되었다. 그때 수봉산교회에서는 전도폭발 복음제시 훈련을 했다. 나는 전도폭발 복음제시 훈련을 받았다. 3단계 훈련과정이 있는데 3단계 훈련을 받고 전도폭발 복음제시를 하러 대상자를 찾아다녔다.

    전도폭발 복음제시는 교회 안에 아직 성령 받지 못하고 천국 갈 확신이 없는 자들에게 복음을 간략하게 정리해서 전하는 일이다. 한 집사님에게 복음을 제시하는데 회개의 역사가 강하게 일어났다. 하나님 말씀을 전했더니 기적이 일어났다. 그분은 달라졌고, 교회 생활에 열심을 내서 새벽기도를 비롯하여 모든 예배에 참석하고, 전도폭발 훈련을 받게 되었다. 그리고 신학까지 해서 목사가 되어 교회 개척도 하셔서 사명

감당을 잘하고 있다.

미지근하게 신앙생활하던 자들이 변화를 받아 새벽 기도는 물론 봉사로 잘 섬기는 자로 세워지는 것을 많이 보았다. 많은 성도가 복음 제시를 받고 자아가 깨어지고, 신앙이 굳게 세워지는 것을 보았다. 나는 만 원짜리 옷, 만 원짜리 가방, 만 원짜리 신발이 너무 좋아서 하늘만 바라보고 살았다. 그런데 우리 가정은 어느새 부자가 되었다. 집 있고, 차 있으면 부자라고 생각한다. 부족함이 없으면 부자라고 생각한다. 그리고 하늘에 쌓아 둔 것 조금 있으니 언제든지 필요하면 쓸 수 있으므로 부자라고 생각했다.

잃어버린 양을
찾으러 오신 주님

복음을 듣지 못해서 헤매는 양들이 많이 있었다. 나는 집에 있을 수가 없었다. 가슴에 불붙는 뜨거움이 나를 이끌어갔다. 매일 교회로 출·퇴근을 하며, 낮에는 전도, 밤에는 기도를 계속했다. 남편은 교회를 같이 다니면서도 내 신앙을 이해하지 못하겠다고 불만을 토로했다. 내가 쓸 돈은 스스로 벌어서 쓰라고 했다. 나는 돈에 대한 집착이 사라진 지 오래되었다. 옷은 떨어지지 않은 옷이면 족하고 신발도 물만 세지 않으면 족했다.

세상은 왜 이리 좁아 보이는지 모르겠다. 하나님 나라는 어마어마하게 커 보였다. 주님은 이제 더 강한 전도훈련을 받으라고 하셨다. 전도폭발 훈련을 받자 이제 가르치는 자로 세우셨다. 모든 사람을 주의 백성, 제자로 삼으라고 했다. 전도폭발 훈련을 통해 많은 주의 종들이 세워졌다. 천국에 대한 확신이 없는 성도들이 확신을 가지고 굳게 세워졌다.

주님은 개척교회에 가서 전도폭발 훈련을 시키라고 하셨다. 장막을 인천에서 시흥으로 옮겨주시고 개척교회로 인도하시면서 훈련을 시키라고 하셨다. 많은 훌륭한 분들을 만나다 보니 성경 지식의 부족함을 느꼈다. 성경 공부를 좀더 하고 싶다고 했더니 주님은 신학교에 가라고 하셨다.

신학교에
입학하다

나는 전도사나 목사가 되기 위해서 신학을 하지 않았다. 단순히 전도폭발 훈련을 시키려고 하니 목사, 전도사, 사모 이런 분들과 함께하면서 성경 지식의 부족함이 느껴져 성경을 더 깊이 있게 배우고 싶었다.

신학교에 입학하여 성경을 배우니 너무너무 기뻤다. 또 다른 세상에 온 것 같았다. 잘 몰랐던 성경 말씀을 잘 풀어서 가르쳐 주시니 얼마나 기쁜지 몰랐다. 성경만 배워서 전도하고 전도폭발 훈련만 시키려고 전도사는 안되려고 했다. 그런데 2년 신학부 과정을 마치니 전도사 인허증을 주었다. 인허를 받고 일주일이 지나자 전도사로 와 달라고 했다.

내 생각과 하나님의 계획은 달랐다. 나는 수봉산교회 권사로, 전도자로만 남고 싶었다. 하지만 이것이 하나님의 뜻이라면 목사님께 어떻게 말씀을 드려야 할지 한동안 고민했다.

수봉산교회를 떠나는 것은 힘들었다. 그러나 주님은 사명을 주시며 감당하라고 했다. 남편은 공부만 한다더니 웬 전도사냐고 반대를 했다. 망설여졌다. 하지만 하나님 말씀에 순종해야 할 것 같아 목사님께 말씀을 드렸다. 교회를 떠나 전도사로서 사역을 해야겠다고 했더니 걱정이 된다고 하시면서 언제든지 오고 싶으면 다시 오라고 했다. 편하게 보내주셔서 너무 감사했다.

해외여행 중에도
복음을 증거하다

중국 여행을 가게 되었다. 어디를 가든지 나는 성경책을 가지고 다녔다. 중국에는 여행하면서 성경책을 가지고 다니면 안 된다고 했다. 하지만 나는 구경하는 것보다 복음을 전하는 것이 목적이었기 때문에 구경하는 것에는 관심이 없었고 이 성경책을 누구에게 주시려나 하고 가지고 다녔는데 3박 4일 내내 줄 사람이 나타나지 않았다.

마지막 날 공항에 가는 길, 모두 피곤해서 잠을 자는데 가이드만 깨어 있었다. 나는 주님의 음성이 들리는 것 같았다. 나는 입을 열어 가이드에게 예수 믿으시냐고 물었다. 자기 할머니가 예수 믿으시고 자기도 믿고 싶은데 기회가 없다고 대답했다. 그래서 성경책을 주었더니 너무너무 좋아하는 것이었다. 꼭 읽어 보고 싶었다면서 좋아했다. 여기서는 귀해서 살 수도 없다고 했다. 하나님의 말씀이니 꼭 읽어 보라고 했더니 알았다고 했다. 하나님의 구원이 가이드에게 이루어질 것 같은 생각이 들었다. 하나님의 계획은 인간의 생각으로는 측량할 길이 없다는 생각에 감사와 찬송을 올려드렸다.

하나님의 주신 은혜로 나는 여행을 가면 꼭 성경책을 가지고 다닌다. 성경책을 받을 사람을 못 만나면 호텔에 몇 자 적어서 두고 온다. 교회에서도 새 신자가 오면 다가가서 성경책을 건네곤 했다. 말씀이 있는 곳에 주님의 은혜가 있고, 성령님의 나타나심과 기적이 일어났다. 하지만 나는 아직도 조금밖에 하나님을 알 수가 없다. 이 무궁무진한 하나님의 사랑을 어찌 다 깨달을 수 있을까?

주님의 교회에서
전도사로 사역하다

나는 전도사로 내 사명을 마쳐야겠다고 생각했다. 내가 전도사로 사역하던 교회는 어느 정도 부흥도 되었다. 나는 전도사로 사역하면서 신학원을 졸업했다. 나는 전도사로 열심히 일하고 있는데 동기생들은 목사 안수도 받고, 교회도 개척하고, 각자 사명의 길을 찾아서 갔다. 나는 목사는 자신이 없었다. 동기생들이 교회 개척하는데 마음이 어찌 기쁜지 많이 쫓아다녔다. 주님은 이 모양 저 모양을 다 보게 하셨다.

나는 개척교회 주님의 교회에서 전도사로 일하게 되었다. 이제 모든 이들을 섬기는 자로서 삶을 시작했다. 성도도 섬기고, 목사님도 섬기고, 섬기는 일을 했다. 우리 가족은 각자 자리에서 신앙생활을 하게 되었다. 남편과 자녀들은 내가 평범한 주부로 살기를 원했다. 그러나 나는 그렇게 살 수가 없었다. 하나님의 명령을 거역할 수가 없었다. 하나님의 뜻이 무엇인지 조금은 알았기 때문이다. 이 영적 싸움은 이 세상의 삶이 끝날 때까지 이어질 것 같았다. 하나님은 어디를 가든지 복음의 입을 열라 하셨다. 나는 전도사로서의 사역을 감당하면서 전도폭발 사역을 하였다. 사역 가운데 성령의 역사가 일어났다. 성령의 충만을 받고 평신도들이 하나님의 일을 열심히 하였다. 나는 이것이 나의 사역인가 보다 하는 생각에 전도사로서의 사역에 만족했다.

한참 전도폭발 사역을 감당하는데 주님의 교회에 여전도사님 한 분이 더 부임해 오셨다. 주일학교 아이들 사역을 할 전도사님이 필요하시다고 하여 내가 추천하여 동기 전도사님이 왔다. 그런데 내가 하는 사역에 사사건건 시비를 걸고 목사님의 사역도 자기 맘대로 조정하려고 했다.

나는 이제 사역을 그만두고 교회를 나가야 하나 하는 마음에 주님께 기도를 드렸다. 주님은 담임목사님에게 지혜를 주셔서 전도사님을 사임하도록 하셨다. 나는 지속적으로 전도폭발 사역을 감당하였다. 신학

공부는 나에게 큰 힘이 되었다. 말씀을 체계적으로 공부하고 나니 복음을 전하는 일에 더 확신이 서고 자신감도 생겼다. 지금처럼 사역하는 것이 나에게 주어진 사명인가 보다 생각하였다. 주님께서 나를 통해 이루어가실 일들을 나는 정확히 알 수는 없었다.

중국 선교지에서
전도폭발 복음제시 훈련 강사가 되다

나와 같이 신학교를 다녔던 동기 동생이 중국에서 선교사로 사역하고 있었는데, 나는 그 중국 교회에 선교비를 후원하고 있었다. 그런데 동기 전도사님을 통하여 전도폭발 강의를 해 달라는 연락이 왔다.

중국에서는 맘대로 복음을 전하기가 어려워 숨어서 전도폭발 강의를 했다. 나는 잠깐 인간적인 생각이 들었다. '전도폭발 복음제시 훈련 강의를 할 수 있을까?' 그런데 내 생각이 무색하게 중국에 있는 신학교 학생들이 모여서 강의를 들었다. 중국 본토 통역사의 통역을 통해 강의를 들은 사람들은 은혜를 받아 내가 떠나온 뒤에도 성령의 역사를 경험하고 주의 일에 충성한다고 했다.

나와 같이 무명한 자가 중국 선교지에 가서 복음을 전하고 전도폭발 강사가 된다는 것을 나는 생각하지도 못했다.

주님은 내 생각과 경험을 초월하시고 역사하시는 분이라는 것을 또다시 깨닫게 되었다.

주님은 부족한 나를 통하여 생명을 구원하시는구나 하는 생각에 기쁘고 감사했다.

시화에 있는 한사랑교회에서
전도폭발 사역을 하다

"하나님의 나라는 말에 있지 아니하고
오직 능력에 있음이라"(고전 4:20)

한사랑교회에서 전도폭발 훈련을 시켜달라고 하여서 일주일에 한 번씩 일 년간 전도폭발 훈련을 시켰다. 한사랑교회 전도사님과 교인들은 전도폭발 훈련을 받고 임상까지 받아서 교인들과 함께 병원 사역을 시작하였다. 병원에서 사역을 하면서 시한부 환자들에게 전도폭발 복음제시를 하자 예수 영접한 사람들이 많았다.

내가 사역을 마치고 나온 뒤에도 전도폭발 복음제시는 지속되었다.

"십자가의 도가 멸망하는 자들에게는 미련한 것이요 구원받는 우리에게는 하나님의 능력이라"(고전 1:18)고 한 말씀이 내 마음에 감동으로 다가왔다.

내가 전한 복음이 사람의 지혜로 하지 아니하고 성령의 인도하심과 능력으로 되어진다는 것을 보게 되었다.

제5부

나는 모세처럼
영적 지도자가 되었다

"모세가 하나님께 아뢰되
내가 누구이기에 바로에게 가며
이스라엘 자손을 애굽에서 인도하여 내리이까"
(출 3:11)

"하나님이 또 모세에게 이르시되
너는 이스라엘 자손에게 이같이 이르기를
너희 조상의 하나님 여호와 곧 아브라함의 하나님,
이삭의 하나님, 야곱의 하나님께서
나를 너희에게 보내셨다 하라
이는 나의 영원한 이름이요
대대로 기억할 나의 칭호니라"
(출 3:15)

교회를 개척하게 하신
하나님

나는 목사 안수를 받을 생각이 없었다. 내가 목사가
되면 온 성도가 목사가 되는 것과 같다고 생각했다.

1년, 2년이 지나니 동기생들은 거의 목사 안수를
받고, 교회 개척을 했다. 그래도 나는 목사는 되기 싫
었다. 그런데 웬일인가? 하나님께서 급하게 목사 안
수를 받으라고 하신 것 같았다. 반대하던 남편도 허락
했다. 급하게 서류를 접수하고 목사 안수를 받았다.
그리고 섬기던 교회를 나왔다. 그 후 일 년 동안 집에
서 말씀 연구를 했다.

일 년이 지나자 주님께서 개척을 해야겠다는 마음
을 주셨다. 어깨가 무거웠다. "하나님 못합니다. 아직
말씀도 충분히 연구하지 못했는데 어떻게 설교를 합
니까?" 모세가 생각났다. "내가 뭐관대 목회를 합니
까? 못합니다." 동기생들 교회 개척하는 데 쫓아다니

느라 바쁘게 지내는 것으로 만족했다.

하나님께서 개척하려는 마음은 주셨지만 자신이 없었다. 개척하려는 마음을 내려놓고 전도사로 사역했던 교회에 수요예배를 드리려고 나갔는데 갑자기 다리가 아파서 걸을 수가 없었다. 겨우 집에 들어와서 누워 있는데 걸을 수가 없으니 아무것도 할 수가 없었다. 혼자 병원에 갈 수가 없어서 가족의 도움으로 병원에 갔는데 환도뼈 탈골이라고 했다. 하나님 아버지께 회개했다. 그리고 순종하겠다고 하면서 치료를 받았는데 절뚝거리면서 걸을 수는 있었다.

하나님 어디로 갈까요? 하나님께서 가라고 하시는 곳으로 아침 일찍 갔다.

학개의 하나님이
나의 하나님이 되시다

"너희는 산에 올라가서
나무를 가져다가 성전을 건축하라
그리하면 내가 그것으로 말미암아
기뻐하고 또 영광을 얻으리라
여호와가 말하였느니라"(학 1:8)

하나님께서는 나에게 무너진 성전을 재건한 학개가 생각나게 했다. 주님이 인도하시는 곳으로 갔더니 교회가 세워졌던 자리라고 했다. 하나님께 기도하고 응답받은 대로 교회를 계약했다. 계약금 50만 원이 가진 돈의 전부였다. 일을 시작하게 하신 하나님께서 교회를 세우실 것을 믿었다. 웬일일까? 빌려주고 오랫동안 받지 못했던 돈이 들어왔다. 15일 만에 교회 리모델링을 끝내고 2010년 8월 15일부터 예배를 드리기 시작했다. 모든 일을 주님께서 하시니까 순조롭게 진행되었다. 하지만 개척한 지 3~4년 동안 날마다 부르짖어 기도하고 전도해도 교회가 부흥되지 않자 내 영혼은 지쳐갔다. 여기에는 주님의 잃어버린 양들이 없나 보다 하는 생각에 쉬고 싶었다.

그러던 어느 날 백령도에 친정이 있는 친구가 놀러 오라고 했다. 굴도 따고, 미역도 따고, 구경도 하라고 했다. 권사님, 집사님과 백령도에 가기로 하고 굴 따는 기구도 사고 옷도 준비했다. 만반의 준비를 하고 백령도 가는 배를 타러 부두에 갔다. 하나님께 묻지도 않고 교회와 기도는 잠깐 뒤로하고 큰 카페리호를 탔다. 그런데 배를 타고 한 시간을 기다려도 배는 가지 않았다. 한 시간이 지난 후에 안내 방송이 나왔다. 배에 사람을 너무 많이 태워서 배가 1cm쯤 잠겼다는 것이다. 그래서 출항을 못 한다고 했다. 상식적으로 늦게 탄 분을 적당히 내려주고 갔으면 좋겠는데 못 간다고 했다. 환불을 해 주었다. 그때까지도 하나님께서 하신다는 생각을 하지 못했다. 너무 아쉬워서 근처 찜질방에서 자고 내일 아침 일찍 출항하는 배에 빈자리가 있으면 타기로 했다. 찜질방에서 하루를 자고 아침 일찍 부두로 갔다. 일찍 나갔는데도 자리가 없다고 했다. 발걸음을 돌리는 내가 처량했다. 아직도 부족한 나는 그때서야 하나님께서 막으신다는 것을 알았다. 나는 떨리는 마음으로 교회로 갔다. 그리고 기도했다.

"사람이 마음으로 자기의 길을 계획할지라도
그의 걸음을 인도하시는 이는 여호와시니라"(잠 16:9)

하나님께 물었다. "왜 못 가게 하시는 겁니까?" 내 귓가에 세미한 주님의 음성이 들렸다. "백령도에서 나는 먹거리는 백령도 사람들의 식량이니라." 바다는 주인이 없는 줄 알았다. 따는 사람이 주인인 줄 알았다. 그런데 하나님께서 중요한 것을 가르쳐 주셨다. 이제는 욕심을 내려놓고 주신 만큼 사서 먹기로 했다. 하나님은 온 인류와 살아 있는 모든 생물을 먹이시고 입히시는 것이 믿어졌다. 세상 끝날까지 훈련시키시고 목사로 만들어 가시는 하나님을 찬양하고 경배드렸다. 나는 먹을 것을 보면 엄마가 자식에게 먹이고픈 것 같은 마음이 든다. 목사는 성도들의 영, 육을 먹이는 자라는 생각이 들었다.

히스기야의 하나님이 나의 하나님
남편 김 집사의 하나님이시다

"이르되 여호와여 구하오니
내가 주 앞에서 진실과 전심으로 행하며
주의 목전에서 선하게 행한 것을 기억하옵소서 하고
히스기야가 심히 통곡하니"(사 38:3)

"너는 돌아가서 내 백성의 주권자
히스기야에게 이르기를
왕의 조상 다윗의 하나님 여호와의 말씀이
내가 네 기도를 들었고 네 눈물을 보았노라
내가 너를 낫게 하리니 네가 삼 일 만에
여호와의 성전에 올라가겠고"(왕하 20:5)

남편이 피곤해하고 힘들어하니 병원에 가서 진찰을 받았다. 의사가 간에 이상이 있는 것 같다고 하며 정밀 검사를 받아야 한다고 했다. 삼성병원에 가서 간에 대한 정밀검사를 받았다. 결과를 기다리는 일주일이 한 달보다 더 길게 느껴졌다. 기다리는 일주일 동안 나는 주님을 의지하고 간절히 기도했다. 남편이 있었기에 그동안 주님의 사역을 잘 감당할 수 있었다. 아직은 함께 주님의 일을 감당해야 하는데, 안타까운 마음으로 주님께 매달렸다.

정해진 시간에 남편과 함께 병원에 가서 의사에게 결과를 들었다. 간암 4기라는 것이었다. 지금 병의 진행 상태로는 수술이 힘들다고 했다. 암이 이대로 진행되면 많이 살아야 1년 정도 살 수 있다고 했다. 나는 가슴이 철렁 내려앉았다. 하지만 김 집사는 뜻밖에 담담한 표정으로 걱정을 하지 않았다. "하나님께서 살려주시면 더 살고 아니면 천국에 가야지."

남편의 반응에 나는 나의 믿음보다 남편 김 집사의 믿음이 더 크다는 생각을 하며 하나님께 금식하면서 기도했다. 남편 김 집사도 같이 기도했다. "하나님, 김 집사가 그동안 주의 선한 일에 순종하고 교회 사역의 모든 것에 순종하며 살아온 삶을 기억하시고 불쌍히 여기시어 간암 말기에서 구원하여 주소서."

금식기도를 하면서 의사의 지시에 따라 시술도 받았다. 그래도 간암은 치료가 되지 않았다. 다시 주님께 기도하였다. 이번에도 금식 기도를 하면서 온맘과 온몸으로 주님께 매달렸다.

어렵게 금식기도를 마치고 남편과 병원에 가서 다시 검사를 받았다. 그랬더니 수술도 받을 수 없는 간암 말기라고 했는데 간암이 치료되었다고 했다. 의사 선생님께서는 삼성병원이 살렸다고 했다. 그러나 나는 알고 있었다. 하나님께서 치료하셨다는 것을.

지금 6년이 지났는데 건강하게 살고 있다. 하는 사업도 계속하고 있다. 김 집사와 나는 주님께서 아직 우리를 통해서 하실 일이 있음을 깨달았다. 그 후로 남편은 양같이 순하게 변했다. 내가 주님의 일에 필요한 물질이나 헌신을 요구하면 무조건 순종하는 믿음의 대장부가 되었다. 히스기야의 하나님이 나의 하나님이요, 김 집사의 하나님이 되심을 찬양하며 감사드린다.

개척교회 세우기를 기뻐하시는 주님

숨 가쁘게 달려오다 뒤돌아보니 많은 물질의 축복을 받았다.

주님의 교회에서 협력목사로 있을 때였다. 인도에서 선교사님이 오셨다. 간단히 선교사님이 하시는 일과 지금 자기 형편이 어떠함을 말씀 중에 5백만 원이면 교회 하나를 세울 수 있다고 했다. 그 말씀이 내 가슴에 꽂혔다. 그때 우리 작은아이가 맡겨 놓은 돈 450만 원이 있었다. 그 돈으로 인도에 교회를 세우면 주님이 기뻐하실 것 같았다. 하지만 작은아이가 5년 동안 시흥에서 서울까지 출퇴근하면서 모은 결혼자금을 어떻게 드리나 고민이 되었다. 주님은 내 가슴에 방망이질을 하셨다. 잠도 오지 않고 교회를 세워야 한다는 마음이 계속되었다.

"주님! 주님의 뜻이라면 여기에 50만 원을 채워주

세요."라고 기도했다. 그랬더니 이튿날 작은아이가 보
너스 탔다고 50만 원을 새 돈으로 가져왔다.

주님의 응답으로 알고 5백만 원을 선교사님께 드렸
다. 선교사님은 인도에 가셔서 거기에 선교사님 소속
노회를 통해 새에덴교회를 세우셨다. 40명 정도 성도
들이 지붕도 올리지 못한 채 예배를 드렸다고 했다.

교회를 계속해서
세우게 하시는 주님

"내 이름으로 무엇이든지 구하면 시행하리라"
(요 14:14)

오래전부터 기도로 도우시는 목사님이 계셨다. 은사 사역하는 목사님이었다. 잘 아는 목사님을 통해 들으니 교회 문을 닫고 돌아다닌다는 것이다. 사연인즉 성도가 자기 집이 넘어가게 되었으니 교회 전세를 월세로 돌리고 돈을 빌려 달라고 해서 빌려주었다는 것이다.

그런데 끝내 그 돈을 받지 못하고 교회를 비워주게 되어서 성물을 재개발지역에 있는 어느 빈집에 넣어두고 막노동을 하러 다닌다고 했다. 짐을 싸놓고 날만 새면 나가는데, 그날 밤 집을 부수게 되었으니 20일 안에 비우라고 한다는 것이다. 그때 내 통장에 5백만 원이 있었다. 5백만 원만 있으면 보증금 내고 교회로 들어갈 수 있다고 했다.

나는 또 갈등했다. 주님과 힘겨루기를 하다가 순종하기로 했다. 우리 교회, 새에덴교회에서 부흥회를 인도하시게 했다. 부흥회를 마치고 들어온 헌금과 같이 드려서 교회를 세우게 했다. 그 목사님은 지금도 교회를 잘 섬기고 있다.

끝나지 않은 사명 전도와
남편과 자녀들을 위한 기도

아직도 나에게 맡기신 사명이 많이 남아 있다. 기도하지 않고 복음을 전하지 않으면 견디기가 힘들다. 우울하고 내가 살아야 할 이유가 없는 것 같다. 나는 지금도 새벽에 일어나 새벽기도를 하고 말씀을 묵상하고 하나님과 깊은 교제를 나눈다. 그 시간이 너무 귀하고 행복하다. 나의 영적인 호흡이 있는 숨 쉬는 시간이다. 하나님과 가까워지는 시간, 말씀 듣는 시간, 하루를 어떻게 살아야 하는지 말씀 듣는 시간, 참 좋은 시간이다. 새벽마다 가족을 위한 기도와 이웃을 위한 기도를 한다. 특히 남편과 손자들을 위한 기도를 계속한다. 내 마지막 사명인 가족 구원의 완성을 위해 기도할 것이다. 그리고 복음을 전하다 주님의 부름을 받기를 소망한다.

남편 김 집사도 간암으로 1년 정도밖에 살 수 없다는 진단을 받았는데 6년이 넘도록 생명을 연장시켜 주신 주님께 감사드린다. 이 땅에서의 삶은 영원한 것이 아니기에 이제는 살든지 죽든지 주님의 영광만을 나타내기를 바라는 믿음을 주신 주님의 은혜에 감사드린다. 나의 남은 사명을 감당하기 위해 성경을 통독하면서 골방에서 영혼 구원과 주님 나라 확장을 위해 날마다 기도하고 있다. 생명이 주님께 있으므로 주님만을 의지하며 내 생명도 남편의 생명도 주님 손에 맡기고 주님의 마지막 명령, 온 천하에 다니며 만민에게 복음을 전하라는 말씀에 의지하여 오늘도 내일도 쉼없이 전도자의 삶을 살기를 간절히 소망하며 이 책을 쓴 것이다. 이 책을 읽는 사람들이 도전을 받고 주님의 은혜 안에 살면서 영생을 얻고 또 다른 생명을 구원하는 전도자가 되기를 간절히 소원하여 나를 전도폭발 훈련 시키시고 한 생명 한 생명 구원하는 도구로 쓰신 전도폭발 훈련 자료를 부록으로 실었다. 영혼 구원은 전적인 하나님 은혜의 선물임을 믿기에 유한하고 미련한 인간의 지식과 경험을 의지하지 말기를 바

란다. 무한하시고 전지전능하시고 측량할 수 없는 사랑의 주님을 의지하여 천하보다 귀한 한 생명을 구원하시기 위하여 생명을 드린 주님의 조건 없는 사랑을 기억하며 영혼 구원에 앞장서는 사람이 많아지기를 간절히 소망한다.

나는 교회 사역을 은퇴하고 WBM 선교단체에서 성경통독을 통한 선교 동역을 하고 있다. 내 생명이 있는 한 기도와 전도하는 일을 쉬지 않을 것이다.

'하늘을 두루마리 삼고 바다를 먹물 삼아도 한없는 하나님의 사랑 다 기록할 수 없겠네'라는 찬송가 304장의 가사처럼 하나님께서 나와 내 가족, 친척과 이웃에게 베푸신 은혜를 다 기록하지 못한 것은 행여 하나님의 은혜와 사랑을 자랑삼을까 하는 염려가 있어서 세세하게 다 기록하지 못했다.

내가 기록한 것은 하나님이 내게 주신 은혜와 사랑의 일부만 기록한 것임을 밝힌다. 하나님이 내게 행하신 구원의 은혜와 나를 통한 구원의 역사는 지금도 진행 중이라는 것을 말하고 싶다.

전도폭발 훈련에 사용한
전체 복음제시 개요

제시된 자료에서
전-전도자,
대-대상자,
훈-훈련생
입니다.

1 서론

가. 그들의 일반생활

전 : 딩동!

대 : 누구세요?

전 : 안녕하세요? 저는 (선생님)께서 지난 주 출석하
셨던 ○○교회 ○○○ 집사입니다.

대 : 네, 들어오세요. 이리로 앉으세요.

전 : (먼저 앉으시면 제가 여기 앉겠습니다.) 이렇게
시간을 내주셔서 감사합니다. 같이 오신 분을
소개해 드릴게요. 이분은 ○ 선생님이시고, 이분
은 ○ 선생님이십니다. 지난 주일 저희 교회에
출석하셨다고 들었는데 꼭 한번 찾아뵙고 말씀
을 좀 나누고 싶어서요. 벽에 걸린 사진을 보니
남매를 두신 것 같은데 참 다복해 보이는군요.
운동기구들도 많은데 여러 가지 운동을 잘하시
나 봐요?

대 : 네, 운동을 좀 좋아하는 편입니다.

전 : 운동을 좋아하면 성격이 좋다는데, (선생님)도

성격이 참 좋으신 것 같군요.

대 : 감사합니다.

나. 그들의 교회 배경

전 : 혹시 이전에 교회에 다녀 보신 적이 있으세요?

대 : 네, 어렸을 때 한두 번 가본 적이 있고, 지난번
에 친구의 권유로 그 교회에 한 번 가보았어요.

다. 우리 교회(교회에 대한 첫인상)

전 : 아! 그러셨군요. 우리 교회에 대한 처음 인상이
어떠셨어요?

대 : 많은 사람이 밝고 기쁜 얼굴로 찬양하는 모습
이 좋아 보였고, 인상적이었어요.

라. 간증(교회 간증/개인 간증)

전 : 네~에. 저희 교회에 처음 나오신 분들이 그런
말씀을 많이들 하세요. 그들이 그처럼 밝고 기
쁨이 있는 것은 바로 영생을 소유하고 있기 때
문입니다.

✝ 교회 간증

교회가 세워진 목적은 사랑과 섬김을 통해 영생의 삶을 보여주고, 사람들로 하여금 영원한 생명을 얻게 하며 또한 더 풍성히 누리는 법을 전해주는 데 있어요. 그런데 교회의 역사를 보면 영생의 기쁜 소식을 전하는 일에 상당히 미약했지요. 그 결과 많은 사람이 교회에 다니면서도 영생을 얻지 못한 것 같습니다.(솔직히 말씀드리면 저도 여러 해 동안 교회생활을 했지만 영생의 확신을 가질 수가 없었거든요.)

전 : 제가 (선생님)을 처음 뵈었지만 제 얘기를 잠깐 말씀드려도 되겠습니까?

대 : 네, 말씀하세요.

✝ 개인 간증

▶ 바울형

*영생을 얻기 이전에 저는

(어두웠던 삶의 개념 하나를 선정/예증)

*그러던 어느 날 저는 영생을 얻었습니다.

*영생을 얻은 후에 저는

98

(어두웠던 개념과 밝은 개념을 선정/예증)

*그것은 제가 오늘 밤 이 세상을 떠난다 할지라도 천국에서 눈뜰 것을 확신하기 때문입니다.

▶디모데형

*저는 영생을 얻은 것이 큰 힘이 됩니다. 왜냐하면 (밝고 긍정적인 삶의 개념 한 가지를 선정)

*예증(생생하게)

*그것은 제가 오늘 밤 이 세상을 떠난다 할지라도 천국에서 눈뜰 것을 확신하기 때문입니다.

†예시 간증

전 : 어떠세요? ○ 선생님(훈련생)께서는 오늘 밤이라도 이 세상을 떠나신다면 천국에 갈 확신이 있으세요?

훈1 : 예.

전 : 우리 ○ 선생님도 영생의 확신이 있으시죠?

훈2 : 예.

전 : 저희들은 이렇게 영생의 확신을 가지고 기쁘게 살아가고 있습니다.

마. 두 가지 진단 질문

주제 전환 : (선생님), 질문 하나 드려도 되겠습니까?

대 : 예.

전 : (선생님), 만일 오늘 밤이라도 이 세상을 떠나신다면 천국(영생)에 들어갈 것을 확신하고 계십니까?

대 : 자신이 없는데요.

전 : 네, 그러시군요. 저도 영생 얻기 전에는 그랬어요. 그런데 성경을 보면 이런 말씀이 기록되어 있어요. "내가 하나님의 아들의 이름을 믿는 너희에게 이것을 쓰는 것은 너희로 하여금 너희에게 영생이 있음을 알게 하려 함이라(요일 5:13)"

성경이 기록된 목적이 바로 우리에게 영생이 있다는 것을 알려주기 위함이지요. 그럼, 제가 영생 얻은 것을 어떻게 알게 되었는지 또한 (선생님)도 어떻게 하면 그것을 알 수 있는지 말씀드려도 되겠습니까?

대 : 예.

전 : 그러면 먼저 이것을 좀더 분명히 해 줄 질문을

하나만 더 드리겠습니다. (선생님), 만일 오늘 밤 이 세상을 떠나 하나님 앞에 섰는데, 그때 하나님께서 (선생님)에게 '내가 너를 천국에 들어오게 해야 할 이유가 무엇이겠느냐?'고 물으신다면 어떻게 대답하시겠습니까?

대 : 글쎄요, 무슨 말씀인지 잘 이해가 되지 않는데요?

전 : 그러니까 선생님께서는 우리가 어떤 사람이라야 천국에 들어갈 수 있다고 생각하십니까?

대 : 글쎄요, 나름대로 성실히 살고 또 남을 위해 좋은 일을 하면 갈 수 있지 않을까 하는데요.

전 : 제가 (선생님)의 대답을 바로 이해했는지 알고 싶군요. 그러니까 (선생님)은 "남을 위해 좋은 일을 많이 했기 때문이라고 대답하겠다"는 것이지요?

대 : 예.

주제 전환 : 오늘 저는 (선생님)을 뵙고 기쁜 소식을 전해 드리고 싶었습니다. 그런데 (선생님)의 대답을 듣고 보니 과연 (선생님)에게 가장 기쁜 소식을 전해 드릴 수 있겠군요.

가. 은혜

전 : 그 기쁜 소식은 천국(영생)은 값없이 주시는 하나님의 선물이라는 것입니다. 성경에 보면 "죄의 삯은 사망이요 하나님의 은사는 그리스도 예수 우리 주 안에 있는 영생이니라(롬 6:23)"고 말씀하고 있어요. 사실 우리가 살면서 생명과 관계 되는 가장 중요한 것들은 다 선물로 거저 받았어요. (예증) 예를 들면 밝은 햇빛, 공기, 물 등은 값없이 받고 있는 것이지요. 이와 같이 천국도 하나님이 우리에게 선물로 주신다는 것입니다. 그렇기 때문에 천국은 돈이나 공로나 자격으로 얻는 것이 아닙니다. 성경에서는 "너희는 그 은혜에 의하여 믿음으로 말미암아 구원을 받았으니 이것은 너희에게서 난 것이 아니요 하나님의 선물이라 행위에서 난 것이 아니니 이는 누구든지 자랑하지 못하게 함이라(엡 2:8~9)"고 말씀하고 있어요. (예증) 이와 같이 영생은 선

물로서 값없이 받는 것이기 때문에 우리가 아무리 돈을 많이 내고 공로를 쌓고 종교적 행위로 어떤 자격을 얻는다 해도 그것으로 천국의 영생을 얻을 수는 없습니다. 그렇다면 왜 하나님께서는 이 천국의 영생을 선물로 주셔야만 할까요?

주제 전환 : 그것은 성경이 인간에 대해서 말씀하고 있는 것을 이해할 때 좀더 분명히 알 수 있습니다.

나. 인간

전 : 인간은 죄인입니다. 성경은 "모든 사람이 죄를 범하였으매 하나님의 영광에 이르지 못하더니(롬 3:23)"라고 말씀하고 있습니다.

[죄의 정의]

죄를 생각할 때 우리는 단지 강도나 살인이나 간음 등을 염두에 둘 때가 많아요. 하지만 성경에서는 죄를 이렇게 정의하고 있습니다. 남을 속이거나 화를 내는 등 하지 말아야 할 것을 하는 것만이 아니라, 부모를

공경하지 않거나 이웃을 내 몸과 같이 사랑하지 않는 등 해야 할 일을 하지 않는 것도 역시 죄입니다.

또한 죄는 행동으로만 짓는 것이 아니라 거짓말, 욕설, 정욕, 교만, 미움, 시기 등 생각과 말로도 짓게 되지요. 성경은 이 모든 것이 다 죄라고 말씀하고 있습니다. 하지만 무엇보다도 가장 큰 죄는 하나님을 하나님으로 믿지 않는 것이지요.

전 : 이런 기준으로 볼 때 (선생님)은 하루에 몇 번 정도 죄를 짓는다고 생각하세요?

대 : 그렇다면 하루에 수십 번도 더 죄를 짓는 것 같군요.

전 : 사실 저도 그래요.

■ 하루 세 번의 죄 예화

예를 들어 어떤 사람이 하루에 10번이나 5번, 아니 단 3번만 죄를 짓는 사람이 있다고 생각해 보죠. 아마 이런 사람은 걸어다니는 천사라고 말할 수 있을 것입니다. 이처럼 선한 사람이라 할지라도 하루에 세 번이면 일 년에 천 번 이상, 80평생을 산다면 8만 번 이상의 죄를 짓게 되지요. 그러면 이처럼 8만 번 이상의 범죄 기록을 가진 상습범이 형사 법정에 선다면 과연 어떤 형벌이 내려질까요? 틀림없이 중형을 받겠지요.

그렇다면 이와 같은 죄인인 우리가 과연 어느 정도 온전해야 천국에 갈 수 있을까요? 성경에 보면 "그러므로 하늘에 계신 너희 아버지의 온전하심과 같이 너희도 온전하라(마 5:48)"고 말씀하고 있어요. 그러나 사람들 중에 과연 하나님처럼 완전한 자가 누가 있겠습니까?

전 : 그러므로 죄인은 자신을 구원할 수 없습니다.

▣ 썩은 달걀 요리 예화

만일 제가 선생님이 보시는 앞에서 싱싱한 달걀 다섯 개에 썩은 달걀 한 개를 섞어 요리를 만들어 드린다면 (선생님)은 당연히 그 요리를 맛있게 드실 수 없을 것입니다. 마찬가지로 우리가 우리의 선하고 악한 생각과 행위를 뒤섞어서 "이것이 나의 삶이니 받아주세요" 하고 하나님께 드린다면 하나님께서는 우리의 삶을 기쁘게 받으실 수 없다는 것입니다.

만일 우리의 선행으로 천국에 가기를 원한다면 우리가 완전하기만 하면 됩니다. 그러나 우리는 모두

다 이 하나님의 완전한 표준에 이르지 못하고 있습니다. 성경에는 우리 인간의 이러한 모습에 대해서 "어떤 길은 사람이 보기에 바르나 필경은 사망의 길이니라(잠 14:12)"고 말씀하고 있습니다.

이제 저나 (선생님)이나 어느 누구도 왜 행위를 가지고는 자신을 구원할 수 없는가를 이해하시겠죠?

주제 전환 : 이것은 성경이 하나님에 대해서 말씀하고 있는 것을 이해할 때 좀더 분명히 알 수 있습니다.

다. 하나님

전 : 하나님은 자비로우셔서 우리를 벌하시는 것을 원치 않으십니다. 성경에서는 "하나님은 사랑이심이라(요일 4:8)"고 우리에게 말씀하고 있습니다. 그런데 '하나님은 사랑이심이라'고 말씀하고 있는 그 동일한 성경이 하나님은 또한 의로우시기 때문에 우리 죄를 반드시 벌하셔야만 한다고 말씀합니다. 성경에 보면 "벌을 면제하지는 아니하고 아버지의 악행을 자손 삼사 대까지 보응하리라(출 34:7)"고 말씀하고 있어요.

▣ 은행강도 예화

어떤 무장 강도가 은행을 털다가 붙잡혀 왔습니다. 그는 돈도 모두 돌려주고 사람도 해치지 않았습니다. 그렇다고 판사가 그 강도를 그대로 풀어준다면 그를 공의로운 판사라고 할 수 없을 것입니다.

이 세상의 판사도 법의 기준 때문에 범법자를 벌해야 한다면 하물며 의로우시고 거룩하신 하나님께서는 얼마나 더 우리 죄를 벌하셔야만 할까요? 성경이 형벌 받을 자를 결단코 면죄하지 않으리라고 말씀하는 이유가 바로 여기에 있습니다.

주제 전환 : 하나님은 자비로우셔서 우리를 벌하시기를 원하지 않으시지만 하나님은 또한 의로우시기 때문에 우리 죄를 반드시 벌하셔야만 하는 이 문제를 예수 그리스도 안에서 해결하셨습니다.

라. 그리스도

전 : 예수 그리스도는 무한하신 하나님이신 동시에 참 인간이십니다. 성경에서는 "태초에 말씀이 계시니라 이 말씀이 하나님과 함께 계셨으니 이

말씀은 곧 하나님이시니라(요 1:1)" "말씀이 육신이 되어 우리 가운데 거하시매 우리가 그의 영광을 보니 아버지의 독생자의 영광이요 은혜와 진리가 충만하더라(요 1:14)"고 예수님을 증거하고 있습니다. 그의 제자 중 하나인 의심 많은 도마도 부활하신 예수님을 보고 놀라 소리쳐 말하기를 "나의 주님이시요 나의 하나님이시니이다(My Lord and my God!)(요 20:28)"라고 고백하였습니다. 그 예수 그리스도께서 이 땅에 오셔서 하신 일은 우리의 죗값을 치르시고, 우리에게 선물로 주실 천국(영생)의 처소를 마련하시기 위하여 십자가에 죽으시고 부활하신 것입니다.

▣죄를 기록한 책 예화

제 오른손에 있는 이 책이 저와 (선생님)의 삶을 아주 상세히 기록해 둔 책이라고 생각해 보죠. 여기에는 저와 (선생님)이 지은 모든 죄, 우리 마음에 스쳐간 모든 생각, 우리가 한 모든 말과 모든 행위가 낱낱이 기록되어 있습니다. 언젠가는 이 책이 하나님 앞에 펼쳐

지고 하나님께서는 우리의 행한 대로 심판하시리라고 하셨습니다.

그런데 여기에 (오른손으로 책을 들어 올린다) 문제가 있습니다. 바로 이 책에 기록된 저와 (선생님)의 죄가 (책을 왼손 손바닥 위에 올려놓는다) 문제입니다. 하나님은 우리를 (왼손 손등을 가리킨다) 사랑하시지만 우리의 죄는 미워하셔서 (왼손 손바닥 위의 책을 가리킨다) 반드시 벌하셔야만 합니다.

이 문제를 해결하시기 위해서 하나님은 (오른손을 위로 들어 올린다) 그의 사랑하시는 아들을 이 세상에 보내셨습니다. (오른손을 책을 든 왼손의 위치와 나란히 내려놓는다) 성경은 말하기를 "우리는 다 양 같아서 그릇 행하여 각기 제 길로 갔거늘 여호와께서는 우리 모두의 죄악을 그에게 담당시키셨도다(사 53:6)" (이 대목에서 단번에 분명한 동작으로 왼손의 책을 오른손에 옮겨 놓는다)

하나님이 미워하시는 저와 (선생님)의 모든 죄가 (왼손에 시선을 두며) 그의 사랑하시는 아들 예수 그리스도에게로 옮겨졌습니다. (오른손으로 시선을 옮

긴다) 예수님께서는 친히 십자가에 달려 그 자신의 몸으로 우리의 죄를 대신 담당하셨습니다.

▣테텔레스타이 예화

십자가에서 우리의 죗값이 치러졌을 때 예수님께서는 "다 이루었다"라고 말씀하셨습니다. 성경 원문에서는 이 말이 "테텔레스타이"라는 상업적인 용어로서 "완불되었다, 빚이 갚아졌다"라는 뜻입니다. 우리의 모든 죄의 값을 예수님께서 대신 다 갚아주신 것입니다. 그리고 예수님께서는 사흘 만에 부활하셔서 우리에게 선물로 주실 천국의 처소를 마련하시기 위하여 승천하셨습니다.

주제 전환 : 그러므로 이 영생의 선물은 믿음으로 받아야 합니다.

마. 믿음

[열쇠 예증]

믿음은 천국 문을 여는 열쇠입니다. 여기에 열쇠꾸러미가 있습니다. (열쇠꾸러미를 보여 준다) 이 열쇠들은 거의 비슷해 보입니다. 그러나 이 열쇠들 중에서 우리 집 문을 여는 열쇠는 이것 한 가지뿐입니다. 마찬가지로 천국 문을 여는 바른 열쇠는 구원 얻는 참믿음입니다. 그러나 비슷하지만 구원 얻지 못하는 믿음도 있습니다.

    전 : 구원 얻는 참믿음이 아닌 것은 단순한 지식적 동의와 일시적, 현세적 믿음입니다.

[역사상의 어떤 사실에 대한 지식적 동의]

단순한 지식적 동의라는 것은 마치 세종대왕이나 이순신 장군을 역사상 실제 인물로 믿는 것처럼 예수 그리스도를 지식적으로만 믿는 것입니다. 그래서 그 예수님이 지금도 살아 계셔서 우리를 위해 무엇을 해 주시리라고는 기대하지 않는 것이지요.

[귀신의 예]

이런 믿음은 심지어 귀신들도 가지고 있습니다. 성경에 보면 귀신이 "하나님의 아들(예수)이여 우리가 당신과 무슨 상관이 있나이까?(마 8:29)"라고 말했어요. 이

귀신은 예수 그리스도가 하나님의 아들이라는 사실을
지식적으로 분명히 알았습니다. 하지만 이 귀신은 예
수님과 아무런 상관이 없습니다. 이처럼 단순한 지식
적 동의는 구원 얻는 참믿음이 아닌 것입니다.

[일시적, 현세적 믿음]

전 : 사람들이 구원 얻는 믿음에 대해 잘못 생각하는
것이 또 하나 있습니다. 바로 일시적, 현세적 믿
음이지요. 그러나 재정 문제, 건강 문제, 자녀 문
제 등에 관련된 믿음은, 일시적이고 현세적인 문
제가 일단 해결되거나 지나가고 나면 더 이상 그
일로 주님을 의지하지 않게 됩니다. 그것들은 다
이생의 것들, 곧 잠시 있다 지나갈 이 세상의 것
들입니다. 지금도 많은 사람들이 이 모든 일시적
인 문제들을 위해서만 예수님을 믿고 있기 때문
에 구원을 얻지 못하고 있습니다. 구원 얻는 참
믿음은 우리의 구원을 위해서 오직 예수 그리스
도만을 신뢰하는 것입니다. 성경에서는 "주 예수
를 믿으라 그리하면 너와 네 집이 구원을 얻으리라

(행 16:31)"고 말씀하고 있어요. 이 말씀을 믿는다는 것은 오직 우리의 구원을 위하여 예수님만을 신뢰한다는 의미입니다. 바로 이 믿음이 구원 얻는 참믿음이지요.

▣의자 예화

그러면 구원 얻는 참믿음에 대해 이 의자를 가지고 설명해 보겠습니다. (일어난다) 이 의자가 여기 있다는 사실을 믿으시죠? —예.

이 의자가 저를 편히 쉬게 해 줄 수 있다는 사실을 믿으시죠? —예.

그러나 저는 단순한 이유 하나 때문에 편히 쉬지 못하고 있습니다. 그것은 제가 이 의자 위에 앉지 않았기 때문이지요.

대단히 송구스럽지만 이 의자를 예수 그리스도라고 가정해 보죠. 한동안 저는 이 의자가 여기 있다는 사실을 믿었던 것과 같이 예수님이 실제로 살아 계시다는 것을 믿었습니다. 또 이 의자가 저를 편히 쉬게 해 줄 수 있다는 사실을 믿었던 것과 같이 예수님이 저를 도와주실 수 있다는 것도 믿었습니다. 그래서 제 자신에게 일어나는 문제들—재정적인 문제, 가족 문제, 결정을 내리는 문제 등—일시적이고 현실적인 문제들이 생길 때마다 바로 그 문제들만 예수님께 맡겼지요.

그러나 저의 구원을 위해서는 여전히 제 자신을 예수님께 맡기지 않았어요. 참으로 힘들고 피곤했습니다. 그러던 어느 날 저는 저의 구원을 위해 이 모든 문제를 안은 채 바로 제 자신을 예수님께 맡겼습니다. (의자에 앉는다. 잠깐 여유를 가진다) 비로소 저는 영생을 얻었습니다. 얼마나 평안하고 기뻤는지 모릅니다.

전 : (선생님), 앞에서 (선생님)은 천국에 들어갈 이유에 대해 '내가 열심히 살고 남에게 좋은 일을 많이 해서'라고 하셨는데 (선생님)의 그 대답에서는 누구만 강조되고 있습니까? (선생님) 자신이었지요? —예.

전 : 그 대답을 할 때 누가 (선생님)을 천국에 들어가게 해 줄 것으로 믿고 있습니까? 역시 (선생님) 자신이었지요? —예.

전 : 그러나 영생을 얻으려면 신뢰의 대상을 (선생

님) 자신으로부터 예수 그리스도에게로 옮겨야 합니다. 의자 위에 내 자신이 앉는 것처럼 (선생님) 자신을 예수님께 맡기셔야만 합니다.

■경건 생활의 동기 예화

그렇다면 그리스도인들은 믿기만 하면 구원을 얻기 때문에 '아무렇게나 살아도 되겠네' 이렇게 생각할 수 있습니다. 하지만 우리 그리스도인들이 좀더 바르게 살려고 하는 동기는 구원을 얻기 위해서가 아니라 이미 구원받은 자로서 값없이 주신 영생의 선물에 대한 감사에 있습니다.

성경에 보면 "그리스도의 사랑이 우리를 강권하시는도다(고후 5:14)"라고 말씀하고 있어요.

■거지 예화

믿음은 또한 어떤 왕의 선물을 받기 위해서 내민 어느 거지의 손과도 같아요. 저는 수년 전에 깨끗하지 못하고 무가치하고 누추한 손을 내밀어 만왕의 왕 되신 하나님으로부터 영생의 선물을 받았습니다.

그때 저는 이 선물을 받을 자격이 없었어요. 물론 지금도 자격은 없어요. 그러나 저는 영생을 가지고 있습니다. 은혜로 얻은 것이지요.

③ 결신

주제 전환 : 지금까지 제가 성경 66권의 핵심적인 내용을 요약해서 말씀드렸습니다.

가. 확인 질문(진지한 자세로 한다)
전 : 어떠세요. (선생님), 이해가 되십니까?
대 : 예.

나. 결신 질문
전 : 지금 이 시간 온 우주 만물을 창조하신 하나님께서 (선생님)에게 묻고 계십니다. "사랑하는 아들아(딸아), 내가 너에게 이 영생의 선물을 주기로 원하는데 받겠느냐?" 이렇게 물으신다면 (선생님)께서는 이 영생의 선물을 받기 원하십니까?
대 : 네, 받겠습니다.
전 : 감사합니다. 참으로 중요한 결정을 하셨습니다.

다. 결신 설명

전 : 이것은 (선생님)의 일생에 가장 중요한 중대한 결정이기에 다시 한 번 간단히 설명해 드리겠습니다. 이 영생의 선물을 받기 원하신다면

첫째, 신뢰의 대상을 옮기십시오.

지금까지는 구원을 위하여 (선생님) 자신을 신뢰했지만 이제는 신뢰의 대상을 (선생님) 자신으로부터 예수 그리스도에게로 옮기셔야 합니다.

둘째, 부활하여 살아계시는 그리스도를 영접하십시오.

예수님은 십자가 위에서 돌아가시고 무덤에서 장사지냄으로 그의 삶을 끝내신 분이 아닙니다. 그분은 부활하셨고 지금도 살아계셔서 이 자리에 우리와 함께 계십니다. 이 예수 그리스도를 영접해야 합니다.

셋째, 그리스도를 구주로 영접하십시오.

성경에 보면 "볼지어다 내가 문밖에 서서 두드리노니 누구든지 내 음성을 듣고 문을 열면 내가 그에게로 들어가 그와 더불어 먹고 그는 나와 더불어 먹으리라(계 3:20)"는 약속의 말씀이 있습니다. 죄에서 건져주신 예

수 그리스도를 구주로 영접해야 합니다.

넷째, 그리스도를 주님으로 영접하십시오.

지금까지는 (선생님) 자신이 (선생님) 인생의 주인이었습니다. 이제부터는 (선생님)을 지으시고, 또한 잘 아시고, 가장 좋은 것 주시기를 원하시는 예수 그리스도를 선생님 삶의 주인으로 모셔들여야 합니다.

끝으로, 회개하십시오.

이제까지 (선생님)이 살아온 삶은 하나님과는 등진 삶이었습니다. 교통 표지판에 U턴이 있는 것처럼 (선생님) 마음대로 살아온 삶의 방향을 돌이켜서 하나님께로 향하는 삶의 방향 전환을 회개라고 하지요. 참으로 이렇게 하기를 원하십니까? —예.

라. 결신 기도

전 : 참으로 (선생님)이 이렇게 하기를 원하신다면 제가 기도 인도를 해드리겠습니다. 제가 먼저 (선생님)을 위해 기도한 다음 저를 따라서 한마디씩 기도하시면 됩니다.

(1) 준비 기도

(그를 위해 기도한다/이해하고 믿고 회개하도록)

하나님 아버지 우리 (선생님)께 복음을 전하게 해 주셔서 감사합니다. 우리 (선생님)이 이 복음의 내용들을 잘 이해하고 믿고 회개할 수 있도록 도와주십시오.

(2) 적용 기도

(그와 함께 기도한다/한 번에 한 마디씩 복음의 내용을 개인적으로 적용하도록)

―선생님, 저를 따라서 한 마디씩 기도해 주세요.

*주 예수님, 저는 죄인입니다.

*지금까지 저는 제 자신을 믿고 살아왔습니다.

*저의 죄를 회개하오니 용서하여 주십시오.

*예수님께서 저의 죄 때문에 십자가에서 돌아가시고 또한 부활하신 것을 믿습니다.

*지금 제 마음의 문을 엽니다.

*예수님께서 제 마음에 들어오셔서 저의 구주와 주님이 되어주십시오.

*이제부터 제가 하나님 앞에 설 때까지 저의 삶을 인도해 주십시오.

(3) 확신 기도

(그를 위해 기도한다/구원의 확신을 갖도록)

(전도자 기도) 하나님 아버지, (○○○ 선생님)이 기도하는 것을 들으셨지요? "동이 서에서 먼 것같이 네 죄를 옮기웠느니라. 다시는 네 죄를 기억하지 아니하리라" 하신 말씀대로 우리 (○○○ 선생님)에게 죄 용서의 확신과, "나를 믿는 자는 결단코 멸망하지 않고 영생을 얻으리라"는 말씀대로 구원의 확신을 주십시오. 예수 그리스도의 이름으로 기도합니다. 아멘.

마. 구원의 확신

전 : (선생님)이 결정하고 기도하신 일에 대해 예수님께서 말씀하신 것을 읽어주시면 좋겠습니다. 요한복음 6장 47절을 읽어주시겠어요?(성경을 펴서 보여 준다)

대 : "진실로 진실로 너희에게 이르노니 믿는 자는 영생을 가졌나니"

전 : 믿는 자는 무엇을 가졌다고 그랬죠?

대 : 영생입니다.

전 : 영생을 가질 것이라고 했나요? 아니면 이미 가졌다고 했나요?

대 : 가졌다고 기록되어 있어요.

전 : 믿는 '자'에, (손가락으로 '자'를 가리킨다) 대신 (선생님)의 이름을 넣어서 읽어주세요.

대 : "진실로 진실로 너(○○○)에게 이르노니 믿는 자(○○○)는(은) 영생을 가졌나니"

전 : 이 말씀에 근거해서 제가 (선생님)에게 질문을 드릴게요.

진단 질문1 : (선생님), 만일 오늘이라도 이 세상을 떠나신다면 어디에서 눈을 뜰 것을 확신하십니까?

대 : 천국에서요.

진단 질문2 : 하나님께서 '내가 너를 나의 천국에 들어오게 해야 할 이유가 무엇이냐'고 물으신다면 어떻게 대답하시겠습니까?

대 : 예수님을 믿기 때문이에요.

4 즉석 양육

가. 하나님의 가족으로의 환영

전 : (선생님)께서 예수님을 믿음으로 말미암아 하나님의 자녀가 되신 것과 하나님 가족의 일원이 되신 것을 축하드립니다.

훈 : (훈련생들이 함께 박수를 치면서 축하한다)

나. 함께 성장해요
"그리스도에 대한 나의 결정"

내가 죄를 지은 것을 알고 주 예수 그리스도를 나의 구주로 모실 필요를 깨닫고 이제 나는 나의 죄에서 돌이켜 나의 영생을 위하여 오직 예수 그리스도를 믿고 의지한다. 나는 예수 그리스도께서 나의 죄를 용서하시고 죄의 권능에서 나를 구원하셔서 나에게 영생 주시기를 기도한다.

나는 이제 나를 다스리시도록 나의 삶 전체를 주님께 드린다. 이 시간 이후로는 주님께서 힘 주시는 대로 주님을 섬기고 나의 삶의 전 영역에서 주님께 순종하기 위해 힘쓸 것이다.

전 : 네, 이것이 (선생님)의 결정이지요?

대 : 예.

다. 성장의 방편

전 : (선생님) 새로 생명이 태어나면서 잘 자라야 부모의 마음이 기쁜 것처럼 (선생님)도 지금 영적으로 갓 태어난 생명과 같기 때문에 하나님께서는 (선생님)의 믿음이 자라기를 원하고 계세요. 여기에 믿음이 자라기 위한 다섯 가지가 있어요.

1) 성경/요한복음을 하루에 한 장씩 읽으십시오.

전 : 성경은 영혼의 양식이에요. 우리가 밥을 잘 먹어야 몸이 건강하듯이 하나님의 말씀을 읽을 때 우리의 영혼은 건강해질 수 있어요. 이 성경책을 오늘부터 하루에 한 장씩 읽어 보세요. (쪽복음 요한복음을 준다) 제가 일주일 후에 다시 한 번 방문해도 되겠습니까?

대 : 예.

전 : 그때 그동안 읽었던 말씀 중에서 좋았던 말씀
을 서로 나누고 또 이해가 잘되지 않은 부분은
제가 설명해 드릴게요. 저도 많이 부족한데 제
가 모르는 것이 있으면 목사님께 여쭤서 도와
드리도록 하겠습니다.

2) 기도/둘째로, 기도를 해야 돼요.

전 : 기도는 마치 영혼의 호흡이라고 하지요. 우리
가 잠시 숨을 쉬지 않고 있으면 살 수 없듯이
기도하지 않으면 갓 태어난 영적인 생명이 잘
자랄 수가 없어요. 사람들은 기도하는 것이 어
렵다고 하는데 제가 아주 쉽게 기도하는 법을
가르쳐 드릴게요. 먼저 이렇게 손을 한 번 모아
보세요. 여기 이 손가락 다섯 개를 우리의 기도
의 다섯 기둥으로 한번 생각해 보세요.

－엄지손가락－ 하나님 아버지

맨 먼저 우리가 기도할 때 그 대상은 하나님이
신데, 하나님이 이제는 (선생님)의 영적 아버지
시지요. 그래서 먼저 "하나님 아버지" 이렇게

부르시는 겁니다.

－검지손가락－ 감사합니다.

그리고 그 다음에는 "감사합니다" 하는 말씀을 드리세요. 영생의 선물을 주신 것도 감사하고, 건강 주신 것도 감사하고, 감사한 일들을 말씀 드리십시오.

－중지손가락－ 용서해 주세요.

그 다음에 "용서해 주세요"라고 말씀하세요. 그렇게 하려고 하지는 않았는데 실수하고, 잘 못한 것을 하나님께 다 용서해 달라고 말씀드 리세요.

－약지손가락－ 도와주세요.

"도와주세요"라고 말씀하세요. 우리 연약한 인 생은 하나님의 도우심이 없이는 살 수가 없어요. 하나님께 필요한 것을 다 말씀하세요. 하나님께 서 들어주십니다.

－소지손가락－ 예수님의 이름으로 기도합니다.

"마지막으로, 예수님의 이름으로 기도드립니 다. 아멘" 아멘이란 뜻은 '동의합니다. 기도한

대로 이루어지기를 원합니다'라는 뜻이에요. (선생님)도 이렇게 기도하실 수 있겠지요?

대 : 노력해 볼게요.

전 : 우리 다시 한 번 해보지요. 자, 따라해 보세요. 함께 "하나님 아버지/감사합니다/용서해 주세요/도와주세요/예수님의 이름으로 기도드립니다. 아멘"

3) 예배/세 번째로, 예배를 드려야 해요.

전 : 예배란 구원 얻은 성도들이 함께 모여서 하나님께 찬양과 경배를 드리는 것입니다. 성경을 바르게 가르치는 교회에 정기적으로 출석하여 예배를 드리세요. (선생님) 다음 주일에 함께 예배드리고 싶은데 저와 우리 교회에서 만나시면 어떨까요?

대 : 예.

전 : 네, 그러면 주일 오전 예배가 11시에 시작하니까, 제가 11시 10분 전에 우리 교회 정문 앞에서 기다리겠습니다.

4) 교제/넷째로, 교제를 나누셔야 합니다.

전 : (선생님)이 믿음 안에서 성장하도록 도와줄 그
　　리스도인들과 교제를 나누세요. 교제를 나눈다
　　는 것은 너무 중요해요. 준비되는 대로 '구역'
　　으로 연결이 됩니다. 이것은 가까운 동네에 사
　　시는 분들이 모여 함께 성경공부를 하고 어려
　　운 문제가 있으면 같이 기도하고 교제를 나눌
　　수 있는 참 좋은 모임이에요. 이러한 모임에 참
　　여하면 우리의 믿음이 잘 자랄 수 있습니다.

대 : 예.

5) 전도/마지막으로, 전도하셔야 합니다.

전 : 내가 얻은 이 영생의 기쁜 소식을 또 다른 사람
　　들에게 전할 수 있어야 합니다. 하나님의 구원
　　의 역사는 믿는 사람이 안 믿는 사람에게, 또
　　예수 그리스도를 아는 사람이 모르는 사람에
　　게 이렇게 전해진 것입니다. 오늘 들으신 소식
　　을 혹시 주위에 있는 분 중에서 전하고 싶은 분
　　이 있습니까?

대 : 저희 친구인데요, 어떻게 전도해야 할지 모르
　　겠어요.

전 : 그래요, 그렇지만 잘 전할 수 없더라도 한번 말씀드려 보십시오. 전하는 것이 어려우시면 제가 도와드릴게요. 그리고 주위에 이 소식을 들었으면 좋겠다고 생각되는 다른 분이 계시면 저희에게 연락을 주세요. 저희가 방문해서 이 소식을 전해 드리겠습니다.

대 : 그렇게 하지요.

라. 교회 예배 참석 약속

전 : 네, 그러면 이번 주일날 교회에서 만나뵐 것을 꼭 약속하고요. 이렇게 오랜 시간 동안 저희 이야기를 잘 들어주셔서 참 감사합니다. 일주일 후 이 시간에 다시 찾아뵙겠습니다.

대 : 네.

전 : 감사합니다. 안녕히 계십시오.